The Hippocratic Confusion

中山七里

ヒポクラテスの困惑

祥伝社

ヒポクラテスの困惑

装丁　高柳雅人
装画　遠藤拓人

目次

五	四	三	二	一	
宿痾	混迷	困惑	偽薬	災疫	
213	163	109	58	5	

主な登場人物

◎ 浦和医大法医学教室 ◎

栂《つが》野《の》真《ま》琴《こと》

浦和医大の助教。研修医として内科を経て、光崎教授に師事し法医学の道へ。ペアを組むことが多い古手川のブレーキ役なのだが……。

光《みつ》崎《ざき》藤《とう》次《じ》郎《ろう》

浦和医大法医学教室の教授。斯界の権威で、その知見と実績は海外でも評価が高い。解剖の腕は超一流だが、口が悪く唯我独尊。

キャシー・ペンドルトン

アメリカ生まれの紅毛碧眼の准教授。医学生時代に光崎を知り、日本へ。流ちょうだが、時々おかしな日本語を話す。解剖が大好き。

◎ 埼玉県警 ◎

古《こ》手《て》川《がわ》和《かず》也《や》

埼玉県警捜査一課の刑事。熱血で正義漢だが猪突猛進。

渡《わた》瀬《せ》警部

古手川の上司で班長。強面で唯我独尊だが検挙率トップ。光崎とウマが合う。

一　災疫《さいえき》

1

「どうしてドラッグストアにマスクが置いてないのよっ」

栂野真琴《つがのまこと》がリップクリームを物色していると、店頭から怒鳴《どな》り声が飛んできた。おそるおそる覗《のぞ》いてみると、中年女性が店員に食ってかかっているところだった。

「吉野家《よしのや》に牛丼がないのと一緒じゃないのよ」

「しかしお客様。今はどこもマスクは品切れを起こしていまして」

「そんなこと言って倉庫に隠してるんじゃないの。値を吊《つ》り上げて売るために」

店員が露骨《ろこつ》に迷惑顔をしているのに、女性客は尚《なお》も食い下がる。粘れば奥の倉庫からマスクが出てくると信じているのだろうか。

「倉庫にもありません。いつ入荷するかも未定で」

「あんたたちはこういう病気が流行《はや》ると大儲《おおもう》けできていいね。薬もマスクも消毒液もどんどん値上がりしているけど、あれって原材料費は変わらないから、病院とかドラッグストアが利ザヤを稼《かせ》いでいるんでしょ」

苦情が言いがかりに変わろうとする寸前、真琴はさっと二人の間に割り込んだ。

「すみません、これください」

リップクリームを掲げてみせると、店員はほっと安堵《あんど》の表情を見せる。マスクで口元が隠れているが、視線で何とか気持ちは伝わる。件《くだん》の女性客は上げた拳《こぶし》の下ろしどころに困っていた様子だったが、きまり悪そうに店を出ていってしまった。

買い物を済ませて街に出ると、道往《ゆ》く人々は全員マスクを着用していた。ただし真琴がしているような不織布《ふしょくふ》マスクは少なく、布製のものがほとんどだ。不織布マスクは吸い込む飛沫《ひまつ》の量を三分の一以下に減少させられるが、布マスクは半分以上の飛沫を通過させてしまう。衛生上不利であるのは皆も承知しているのだろうが、不織布マスクが払底《ふってい》している以上、布マスクに頼らざるを得ない。中には割り切って、マスクもファッションの一部とばかりに様々な意匠を凝《こ》らしたマスクをする者も出始めた。ディオールやサンローランといったファッションブランドがマスク業界に参入した時には驚いたが、税込み一万円のマスクが発表されるとさすがに乾いた笑いしか出てこなかった。

真琴自身は職場に医療用サージカルマスクが大量にストックされているので困ることはない。こんな風に言えば先刻の女性客などは『医療従事者がマスクを専有しているので一般市民に行き渡らないのだ』と猛抗議するだろうが、真琴の職業を知ればたちどころに黙り込むだろう。

浦和《うらわ》医大法医学教室に到着すると、キャシー・ペンドルトン准《じゅん》教授が先に来ていた。

「おはようございます、キャシー先生」

「グッモーニン、真琴」

何やらキャシーはスマートフォンを熱心に見ている。

「何か面白いニュースでもありますか」

「面白いというのは語弊《ごへい》がありますが、非常に興味深い投稿です」

差し出されたのは誰かが投稿したインスタグラムだった。ホテルの中だろうか豪奢《ごうしゃ》な内装の奥にどっしりとした造りの階段が連《つら》なっている。

画像に添えられたコメントを読んで、あっと叫びそうになった。

『憧《あこが》れの豪華客船ダイヤモンド・プリンセス号でーす。船内はまるで宮殿！　スタッフさんたちもとても丁寧《ていねい》。でも、肝心《かんじん》の食事がねえ。味が薄くって、あまり美味《おい》しくない』

二〇二〇年一月二十日、横浜《よこはま》港を出港したダイヤモンド・プリンセス号は鹿児島、香港《ホンコン》、ベトナム、台湾《たいわん》、沖縄に立ち寄り、二月三日に横浜港に帰港したのだが、途中香港で下船した乗客が発熱し二月一日に新型コロナウイルス陽性であることが確認された。そのため、日本政府は横浜港に入港したダイヤモンド・プリンセス号に対し、その乗員乗客の下船を許可しなかったのだ。

帰港日からの二日間、全乗員乗客の健康診断が検疫官《けんえきかん》により行われ、検査の結果、新型コロナウイルス陽性者が確認されたために五日午前七時より十四日間の検疫が開始された。陽性者は下船し、国内の病院に入院し治療、隔離《かくり》された。

新型コロナウイルス感染の初期症状は風邪《かぜ》と似ているが、他にも嗅覚《きゅうかく》や味覚の異常が報告されている。この投稿主はそれと知らず自身が感染した事実をインスタグラムに載せていたという訳だ。

「何という壮大な風船でしょうか」

「キャシー先生、多分そこは伏線だと思います」

「Oh! Mistake. そう、伏線でした。しかし、この隔離された乗客の心理を考えると恐ろしくなりますね。感染したのだから本来は被害者なのに、非感染者からは加害者のように扱われる。サスペンスどころか、まるでホラーではありませんか」

キャシーの物言いは時折オーバーなところがあるが、ホラーという表現は頷《うなず》かざるを得ない。新型コロナウイルスの流行は、戦争に次ぐ今世紀最大の恐怖だからだ。

昨年二〇一九年十二月三十一日、中国湖北《こほく》省武漢《ぶかん》市で発生した原因不明のウイルス性肺炎の事例がWHO（世界保健機関）中国事務所に報告された。

そして今年二〇二〇年一月九日、WHOは中国当局が新型肺炎の病原体は新型コロナウイルスであると予備的に決定したことを発表する。同月二十三日、中国は武漢市のロックダウン（都市封鎖）を決定し航空便と鉄道の運行を停止、市内の公共交通機関も運休した。だがそれに先立つ十五日、日本国内で武漢市滞在歴のある神奈川県在住の中国人男性が初の感染者として報告されていた。

それからはまさにパンデミック（感染爆発）の名に相応《ふさわ》しい惨状《さんじょう》だった。最初はアジア諸国を中心に、やがて感染範囲は欧米に拡大し、あっという間に世界中を覆《おお》い尽くしたのだ。それまでどこか対岸の火事のように構えていた日本人も次第に慌《あわ》て出した。特に三月、有名なコメディアンが急逝《きゅうせい》すると俄《にわか》に切迫した雰囲気となった。

　四月七日、政府は東京、神奈川、埼玉、千葉、大阪、兵庫、福岡の七都府県に緊急事態宣言を行い、十六日には対象を全国に拡大した。生活の維持に必要な場合を除いて外出自粛を要請し、学校は休校、百貨店や映画館など多くの人が集まる施設の使用制限もかけられた。飲食店をはじめとした事業者には休業要請も出された。お蔭《かげ》で商店街は瞬《また》く間にシャッター街へと身を堕《お》とし、道往く人はすっかりまばらとなった。

　真琴の頭にディストピアという単語が浮かんだのはこの頃のことだ。人けのない繁華街、通行人全員が不安げにマスクをしている光景は、文明の朽《く》ちゆく姿を思わせたのだ。

「まさかワタシの生きているうちにペストのようなパンデミックを体験するとは想像もしていませんでした」

　キャシーは疲れたように笑う。絶望しながらも知的好奇心が抑えられないといった風情《ふぜい》だ。

　実際、アメリカの製薬大手ファイザー社他がワクチンの開発に着手したと聞いているが、成功するにはまだ時間がかかるだろう。その後に控える臨床試験や承認申請の手続きを考慮すれば、日本にワクチンが輸入されるのは、審査を大幅に簡略化する特例承認を適用したとしても来年以降になるだろう。

　問題はワクチン接種が始まるまでにどれだけの感染者と死者が出るかだった。

「ワクチンが早く完成するといいんですけど」

「でも今回はどこの国も特例承認を前提で開発していますから、臨床試験にもあまり時間をかけられません。従って低いパーセンテージですが様々な副反応が予想されます」

「拙速《せっそく》か巧遅《こうち》か。悩ましいところですね」

「日本では高知県がワクチンを開発しているのですか」

「……気にしないでください。でも今の状況なら、多少不安があったとしても接種を急ぐべきだと思います」

「That's true ね、真琴」

キャシーは我が意を得たりというように頷く。

「今は可能な限り多くの人にワクチンを接種させるのが最適解。その後は副反応やウイルスの変異が取り沙汰《ざた》されるだろうけど、一番の問題は社会の変化だとワタシは思います」

「変化って、たとえばこういうことですか」

真琴は自分の着用しているマスクを指差す。先刻のドラッグストアのひと悶着《もんちゃく》を思い出しての質問だった。

市中のマスク不足は既《すで》に社会問題になっていた。巷《ちまた》では跳梁跋扈《ちょうりょうばっこ》する悪徳転売屋が市価の十倍以上という法外な値を付け、マスクとは名ばかりの粗悪品が横行し始めている。ネットオークションを覗けば、出品者の傲慢《ごうまん》ぶりと落札者の切実さが露《あら》わになって居たたまれなくなる。事は消毒液や他の衛生用品にも及んでいる。

「確かにマスク生活というのは一般市民には初めての経験なので、戸惑《とまど》うことが多いでしょうね。プレミアのついたマスクの争奪戦も予想されます。ただ一つ安心なのは、ワタシたち医療従事者はN95クラスのマスクの着用と手洗いが習慣になっているので、一般の人よりはこうした生活に抵抗がないことです」

　N95マスクには同じ不織布でも、家庭用よりもフィルターの目が細かいものが使われている。特に法医学教室の現場では死体に潜《ひそ》む常在菌が種類・量ともに多いため、数時間毎《ごと》に交換している。作業中の完全防備や手の洗浄が日常になっている。仕事を続けていれば自《おの》ずとコロナ対策になるという次第だ。

　元より政府は、病院内や高齢者施設は感染リスクが高いので施設内の感染予防対策を徹底させる方針でいる。マスクや消毒液や防護服などの医療用物資を確保するのは政府の通達に従ってのことだ。

「一般の人がどう思おうと、ワタシたちは絶対に感染してはなりません。優先順位以前に、それが医療従事者の最低条件だからです」

　キャシーの言説は徹頭徹尾《てっとうてつび》論理的で感情を差し挟む余地がない。日本人には多くないスタイルが、真琴の目には好ましく映る。

「ワタシの言う社会の変化とは、もっともっと深刻で重篤《じゅうとく》なものです。真琴は十四世紀にヨーロッパを襲ったペストを知っていますよね」

　医療従事者としてではなく、世界史で学んだので憶《おぼ》えている。十四世紀に蔓延《まんえん》したペストは世界全体で五千万人の死者を出している。当時約八千万人だったヨーロッパの人口のうち、何と三十パーセントがペストに命を奪われているのだ。

「大勢が疫病で次々に死んでいくと、医学知識のなかった人々の間で釘《くぎ》つきの鞭《むち》で自分を叩《たた》き続けるという行為が発生しました。宗教的な集団ヒステリーですね。教会が鞭打ちを禁じると、この集団ヒステリーは陰謀論へと転化します。つまり、ペストはユダヤ人が井戸に毒を投げ込んだために発生したというデマがヨーロッパ全土に拡がったのです」

人種差別やヘイトが加速したという訳だ。

「また、当時は息や視線からペストが伝染すると考えられていたので、家の中で一人が感染すると家族から見捨てられる運命でした。その感染者が死亡しても、家族は死に顔を見ることなく、顔を背《そむ》けて遺体を棄《す》てなければいけませんでした。家族間がそんな有様なら友人間や仕事仲間の間はもっとドライだったでしょうね」

感染したばかりに全ての人間関係が破壊される。疫病に肉体を蝕《むしば》まれると同時に精神面も食い潰《つぶ》されるという塩梅《あんばい》だ。

そこまで考えて、ゆっくりと戦慄《せんりつ》した。

「キャシー先生、それって」

「ええそうです。今、コロナ・パンデミックに見舞われている世界は、十四世紀と同じ運命を辿《たど》りかけているのですよ」

現在、欧米ではコロナウイルスをばら撒《ま》いたのはアジア人だとして人種差別に拍車がかかっているという。聞くに堪《た》えないデマも拡がっており、不信感が渦《うず》を巻いている。

コロナウイルス感染防止のために企業がリモートワークを推進しているのは、悪いこととは思えない。だがリモートワークのみならず、社会から人と人の触れ合いが根こそぎ奪われた。ソーシャルディスタンスの掛け声の下《もと》、握手すら憚《はばか》られ、人は同居家族以外の者と距離を置くようになった。距離が遠くなれば、当然人間関係を濃密にする機会も減り孤立が深まっていく。

感染拡大を受け、全国の学校・大学で入学式が中止になった。浦和医大も例外ではない。その後の授業もリモートが大勢を占め、キャンパスを闊歩《かっぽ》する学生の数は激減した。代わりに外来患者の姿が多くなったのは皮肉としか言いようがない。

今年の新入生は講堂での講義もサークル活動も知らず、ただ一人自室でパソコン相手に授業を受けているだけだ。真琴は彼らのことを考える度《たび》に不憫《ふびん》に思う。

「まさか、二十一世紀にもなって十四世紀と同じ轍《てつ》を踏むなんて」

「人は哀しいほど学ばないのですよ、真琴。過去に何度もパンデミックを経験しながら、いざ発生してしまうとそれまで培《つちか》ってきた人智を放り出してしまう。きっと疫病に対して遺伝子レベルで恐怖心が記憶されているからだとワタシは考えています」

遺伝子レベルの記憶云々《うんぬん》はともかく、人は学ばないという言葉は腹に落ちた。人間は絶望するほど愚《おろ》かではないが、さほど賢くもない。それは真琴がここ数年で思い知らされた現実でもある。

「先行き、不安ですね」

「不安がっているうちは、まだ安全なのですよ」

キャシーは脅《おど》すように言う。

「浦和医大にも連日、外来患者が押し寄せています。昨日もちらっと様子を覗きにいったのですが、働いているドクターはまるで野戦病院の軍医のようでした」

「治療法もワクチンもないから大変だと思います」

「もし医療従事者本人がウイルスに侵《おか》されれば、不安は明確な恐怖になり得ます。ドクターだからといってウイルスが優遇してくれるはずもありませんからね。ワタシたちはただ病原菌の扱いに慣れているというだけで、一般人よりも強い免疫を獲得している訳ではありません」

やはり真琴は頷くしかない。

ウイルスは目に見えず、赤外線カメラにも映らない。ある海外メディアは『見えない軍隊に攻められているようだ』と報じたが、言い得て妙だと感心する。知らぬ間に襲撃され、殲滅《せんめつ》させられる。

「教授会も、彼らの不安が非常に目立ちました」

思い出した。昨日、定例の教授会にキャシーが代理で出席したのだ。

「従来のインフルエンザとは勝手が違うので、各部長とも困惑気味でしたね。マスクと手袋の着用と消毒。今までやってきたルーチンに加え防御態勢を更《さら》に徹底するという学長のメール一通で済む話を、十何人もの立派な大人が無駄な議論を戦わせて決定するセレモニーでした」

露骨に嫌そうな顔のキャシーを見て、まさか会議の席上でも同じ顔をしたのではないかと心配になる。元々、教授会には法医学教室の主《あるじ》である教授の光崎《みつざき》が出席しなければならないのだが、傍若無人《ぼうじゃくぶじん》が白衣を着ているような男だから意に沿わない業務は時折キャシーに押しつけているのだ。

「光崎教授のことだから、実りのない会議になるのは承知の上だったんでしょうね」

「Ｎｏ。ボスは別の理由で会議をボイコットしました」

ちゃんと理由をつけて欠席するのが、いかにも光崎らしい。

「新型コロナウイルスは死体から生体に感染しないので興味が湧《わ》かない。ボスはそう言ってました」

光崎が会議を蹴《け》ったのは正解だと思った。もし席上でそんなことを口にすれば、他の教授たちから集中砲火を浴びるのは目に見えている。もっとも、集中砲火を浴びたところで本人は蛙《かえる》の面《つら》に小便《しょうべん》なのだろうが。

手前勝手な光崎の言い分にも一応の理はある。だが実際は感染している死体が法医解剖されることも多い。

「興味さえ湧けば、光崎教授も本腰を入れるのでしょうか」

「コロナウイルスに振り回されている世間はすっかり忘れているのですが、疫病が流行《はや》ろうと流行るまいと、いつでも死因不明の遺体は一定数存在します。法医学教室に運ばれてくる遺体は少しも減らないではありませんか。そうでなければボスだってワタシに代理出席なんてさせませんん」

やはりキャシーも会議より解剖の方が楽しいらしい。

「そして世間が振り回されている分、ワタシたちは普段よりも冷静でいなければなりません。医大そのものが機能不全に陥《おちい》らないよう、どこか一つの部門でも正常に稼働していなくてはなりません」

さすが准教授ともなれば話す内容も違ってくる。

だが感心は長続きしなかった。

「もっとも、これはボスの受け売りなのですが」

「何だ、光崎教授も別のかたちでコロナ対策をしているじゃないですか」

「コロナ対策と言うよりは非常時の心構え、日本語では転倒前の杖《つえ》でしたか。何しろボスはvery老獪《ろうかい》な人物ですから」

キャシーは、老獪であることがステータスの一部でもあるかのように明快に言う。きっと細かいニュアンスの部分で理解に齟齬《そご》を来《きた》しているに決まっている。

「冷静でいるためにはルーチンワークを淡々とこなしていくに限ります。ワタシたちの仕事は解剖なのですから、今日も明日も積極的に遺体を切り刻んでいきましょう」

結局そこに落ち着くのか。真琴が気づかれないように嘆息《たんそく》すると、ドアを開けてお馴染《なじ》みの人物が顔を覗かせた。

「二人ともお揃《そろ》いで」

埼玉県警刑事部捜査一課の古手川和也《こてがわかずや》は二人の顔を見ると疲れたような笑みを浮かべる。キャシーといい古手川といい、日常の疲れが顔に出やすくなっているらしい。

ひょっとしたら気づかぬうちに自分も顔に出ているのではないか。真琴は咄嗟《とっさ》に顔を背けた。

「仕事柄なんだろうけど、真琴先生たちはさすがに丈夫そうなマスクを着けているなあ」

「これはワタシたちの盾《たて》ですから」

「確かに。その伝《でん》でいくと、今俺がしているマスクは盾どころか風除《よ》けにもなりゃしない。見てくれ。この陽気じゃ、ちょっと外を歩いただけで汗塗《まみ》れだ」

古手川は邪魔《じゃま》っけそうにマスクを取る。なるほど布マスクは汗を大量に吸って重そうに見える。

「いいんですか古手川さん、マスク外しちゃって」

「二人がマスクしろって言うならするけど」

「無理強《じ》いはしませんけど、ここも一応医療施設なんですよ」

「でも出入りしているのは光崎先生を含めた三人と、あとは死体だけなんだろ」

「ええ、まあ」

「真琴先生たちはマスクと防護服で感染対策は完璧《かんぺき》、解剖室はもちろん教室内も定期的に消毒済み。だったら、ここ以上に安全な場所ってないんじゃないか」

その言い分には一理あるが、手前勝手な態度であることに変わりはない。どうして法医学教室に出入りする人間は例外なく光崎に感化されるのだろうか。

「二人が相変わらずなんでほっとしている。大学周辺の店はどこもシャッターを下ろしているし、キャンパスの中は夏季休暇中より人けがないし。法医学教室を覗いて真琴先生の姿が見えなかったら、俺は世を儚《はかな》んでいたところだ」

「ワタシは居ても居なくても一緒ですか」

「あ、いや、今のは言葉の綾《あや》で」

「By the way（ところで）、古手川刑事は何の用件で訪問したのですか。司法解剖以外の用件ならとっととGet out」

「解剖絡《がら》みの話ではあるんですよ」

古手川はどこか憂鬱《ゆううつ》そうだった。

「浦和医大法医学教室に異状死体が運び込まれてくる確率は八割以上。ただし一つだけ問題がありますす」

「解剖費用ですか」

「解剖費用くらいは遺族が用意するでしょうよ。その程度の出費でぐちぐち言うような一族じゃない。問題は刑事事件とはまるで関係がなさそうだって話で」

俄然《がぜん》興味を覚えたのか、キャシーは椅子《いす》ごと古手川の方に寄ってきた。真琴も負けじとばかり彼女の隣に座る。

「話してください、古手川刑事」

古手川はいつもと勝手が違うといった顔で話し始めた。

2

受付から連絡が入ったのは、古手川が昼飯を終えた直後だった。

『捜査一課に面会ご希望の方が来られています』

「一課にって何ですか。特にご指名はないんですか」

『是非、話を聞いてくれと』

瞬間、頭を過《よぎ》ったのはご近所トラブルや詐欺《さぎ》被害の相談だ。コロナ禍《か》に見舞われてからというもの、この種の事件が滅法《めっぽう》増えた感がある。ただし捜査一課の担当外だ。

「ご近所トラブルなら生活安全課、特殊詐欺なら二課の担当でしょ」

『それが、どうしても一課でなければ駄目だと仰《おっしゃ》るんです』

受付女性の声は困惑気味だった。よほど押しの強い来客なのだろう。

「班長」

上司の意向を伺《うかが》うつもりで振り向くと、当の渡瀬《わたせ》は煩《うるさ》そうに片手で払う仕草を見せた。「お前が一人で処理しろ」の合図だ。

泣く子と渡瀬には誰も勝てない。古手川は来客を面談室に案内するよう伝えて、一階ロビーへと向かう。

面談室で待っていたのは、二十代と思《おぼ》しき女性だった。

「はじめまして。萱場寧々《かやばねね》といいます」

自己主張の強そうな良家の子女というのが、寧々の第一印象だった。

「刑事部捜査一課の古手川です。早速ですがご用件を伺《うかが》いましょう」

「昨日、叔父《おじ》が亡くなりました」

いきなり人死にの話になった。どうやらご近所トラブルや特殊詐欺の類《たぐい》ではないらしい。古手川はわずかに居住まいを正した。

「二週間ほど前から床《とこ》に臥《ふ》せっていたんです。主治医が手を尽くしてくれたんですが、その甲斐《かい》もなく逝《い》ってしまいました」

「ご病気だったんですか」

「新型コロナウイルス感染症です」

その途端、一気に期待が萎《しぼ》んだ。

「最初は発熱と喉《のど》の痛みだけでインフルエンザかと思ったんですけど、薬を服《の》んでも恢復《かいふく》するどころか、逆に悪化する一方だったんです。それでもしやと主治医がＰＣＲ検査をしたところ、陽性反応が出ました」

寧々は丁寧に話しているが、早くも古手川は熱心に聞く気が失《う》せている。近親者が新型コロナウイルスに罹《かか》り病死した例は、報道を通じて耳に胼胝《たこ》ができるほど聞いている。遺族にとって悲劇には違いないが、他人にしてみれば数多く報告されている一例に過ぎない。

「叔父は以前から心臓病を患《わずら》っていたので、新型コロナウイルス感染症によって重篤化したというのが主治医の見立てでした」

「それはご愁傷様《しゅうしょうさま》でしたね」

「萱場の本家はもちろん、わたしたち親族も本当にびっくりして、慌てて、碌《ろく》な対応ができませんでした。叔父が病院に担《かつ》ぎ込まれたのを新聞や週刊誌が嗅《か》ぎつけ、わたしたちの許可を得ないまま報道したため大騒ぎになってしまいました。生前の叔父は羽振《はぶ》りがいいのをSNSで吹聴《ふいちょう》していたので、あっと言う間にアンチが病院にイタズラ電話をするわネットで叩き始めるわで、わたしたちは昨日から気の休まる時がありません」

話の途中から雲行きが怪しくなり、萱場という名前にも思い当たる節があった。

「亡くなった叔父さんの名前を」

「萱場啓一郎《けいいちろう》です。え、知らなかったんですか」

名前を聞いて断片的な記憶が全て繫《つな》がった。

萱場啓一郎はオンライン通販で一代で財を成した著名人だ。彼が創設した〈KAYABA TOWN〉の売上高はアパレル部門だけで千五百億を突破したと聞いているので、間違いなく現代の富豪と呼べるだろう。

資産が億単位の富豪なら星の数ほど存在するが、萱場啓一郎の名を世に知らしめたのは偏《ひとえ》にその暮らしぶりの派手さだろう。寧々の話にもあったが、世界に数台しかないスーパーカーを自転車感覚で購入したかと思えば、SNSを通じて自分のフォロワーにカネを配るといった塩梅だ。独り身の気楽さで女性タレントと浮名を流したのも一度や二度ではない。

昨日、その萱場啓一郎が新型コロナウイルス感染症で急逝したとのニュースが駆け巡った。今年で五十九歳、老人と呼ぶには早すぎるがさりとて若くもない。ウイルスが高齢者を狙い撃ちにしているという情報が公《おおやけ》になっている現状、萱場は不運な有名人のリストに名を連ねた。

まさかその有名人の姪《めい》だったとは。

「叔父もまさか自分がコロナウイルスに罹って死ぬなんて想像もしていなかったんでしょう。遺言書一つ残さずに逝ってしまったので、お葬式前から本家や親族の間では不穏な空気が流れています」

「萱場啓一郎氏は独身でしたよね」

「結婚はしていませんが、愛人とか長年同居している女性とかがいるんで結構複雑なんです。相続って正妻や嫡子《ちやくし》がいない場合は親や兄弟が相続人になるんですよね。親は他界していますが、叔父は三人兄弟の末っ子だったから、遺産分割協議がすんなりいく訳でもないんですよ」

日本有数の資産家の遺産を巡る血族の争いときたか。萱場は遺産以外に内争の種も残していったという訳だ。

「では、相続人の誰かが狙われたんですね」

「いいえ」

寧々はとんでもないというように、首を横に振る。

「しかし、さっき、不穏な空気が流れているって」

「空気だけじゃ誰も死なないですよ。マスコミが注視し、しかも葬儀の日程さえ決まってないのに競争相手を潰すなんて。そんなに目端《めはし》の利《き》く人間がいたら、とっくに叔父が経営陣の中に招き入れていますよ。ウチの父親含めて啓一郎叔父の兄弟ってポンコツなんだから」

自己主張が強そうなだけではなく、毒舌もいける女だったか。

「では萱場啓一郎氏のアンチから犯行予告でも届きましたか。葬儀を潰してやるとか、故人の会社に爆弾を仕掛けるとか」

「いいえ、そういうことは一切《いっさい》ないです」

寧々はこれも、あっさりと否定する。古手川は少し混乱し始めた。

「まだ表立っての相続争いはない。外部からの示威《じい》行動もない。じゃあ、あなたが捜査一課を訪ねてきた理由は何なんですか」

「死因に疑問があります」

「死因。しかし主治医がちゃんとPCR検査を実施して、啓一郎氏がコロナウイルスの陽性反応者であると診断したんですよね」

「ええ。本家の人間は検査結果を示す報告書を確認したようです」

「だったら」

「叔父がコロナウイルスに罹って死ぬなんて有り得ないんです」

寧々の声が大きくなる。おそらく叔父の死を病死と認めたくないのだろう。まるで年端《としは》もいかない駄々っ子だと思った。

「あのですね」

古手川は頭を掻《か》きながら、どう説得しようかと考えを巡らせる。

「新型コロナウイルスのせいで有名なタレントさんも少なからず犠牲になっています。治療法もなければワクチンもない。従って有名人だろうが資産家だろうが、新型コロナウイルスは平等に襲いかかって」

「ワクチンはあります」

古手川の言葉を遮《さえぎ》って寧々は訴える。

「まさか。まだ欧米の製薬メーカーも開発途上という話じゃないですか」

「一般向けにはそうでしょうね。でも叔父は今年に入ってから数回に亘《わた》ってワクチンを接種しています。だから新型コロナウイルスに罹るはずがないんです」

「つまり萱場啓一郎氏は世界中の誰よりも早くワクチンを接種していたということですか」

「誰よりも早くかどうかは知りませんけど、叔父の経済力はご存じですよね」

「スポーツカーをママチャリ感覚で買う御仁《ごじん》でしたね」

「自分の延命を約束してくれるワクチンになら、戦車一台買えるくらいのおカネでも出したと思います」

資産家特有の傲慢さで頬《ほお》を叩かれたような感があるが、寧々の口から聞かされると不思議と嫌な気はしない。

「叔父に子どもがいなかったせいか、わたしにはメチャクチャに甘かったんです。きっと自分の子どもじゃなかったから無責任に可愛《かわい》がれたんでしょう。だから、わたしにはこっそり教えてくれたんです。然《さ》るルートでワクチンを入手した。自分は責任ある身なのでコロナごときに脅《おびや》かされる訳にいかない。カネに飽《あ》かせてワクチンを打つことが決して褒《ほ》められた話じゃないのは重々承知しているが、〈KAYABA　TOWN〉に勤めているスタッフ二千人とその家族の生活を背負っている限り、自分は今死ぬ訳にはいかない。叔父はそう言ってました」

萱場の言い分は経営者としてはもっともかもしれないが、人としてあまり褒められたものではない。悩ましいのは寧々も、カネに飽かせた生き方を悪徳だとは考えていなさそうなところだった。

「実際にはどれだけの対価を支払ったんですか」

「ワクチン一本につき一千万円だったらしいです。それを二週間に一度、合計六回」

〆《しめ》て六千万円の接種料という計算になる。郊外に立派な一軒家を買える値段だ。

「叔父は六回に亘ってワクチンを接種しました。ところが主治医は新型コロナウイルス感染症による死亡と死亡診断書に記載したそうです。変ですよ。絶対に変です」

「あなたの証言が真実で萱場啓一郎氏が既にワクチンを接種済みだったとすれば、主治医が偽《にせ》の記載をしたか、あるいは第三者が新型コロナウイルス感染症を装って殺害した可能性がある。そういうことですか」

「はい。わたしはそう睨《にら》んでいます」

「今日、警察を訪ねることを誰かに伝えていますか」

「いいえ。今、わたしは亡くなった叔父以外の誰も信用できないんです。お願いします、この事件を捜査してください」

　不意に寧々は心底から訴えるような目をする。傲慢な物言いとの落差に、古手川は翻弄《ほんろう》されている自覚がある。

「このままじゃ叔父があんまり不憫です」

「萱場啓一郎氏のご遺体は、今どこに安置されているんですか」

「主治医が勤めている病院です」

　古手川は暫《しば》し考える。寧々の申し立てを信じるならこれは立派な事件だが、親族一人の申告だけで事件化させるのは容易ではない。何か一つでも客観的な疑問点を提示できなければ捜査一課どころか渡瀬一人も動かせない。

　そこで思いついた。

「場合によっては解剖の必要が出てくるかもしれません」

「叔父の身体《からだ》を切り刻むんですか」

「場合によってはと言いました」

　寧々は俯《うつむ》いて束《つか》の間《ま》考え込む素振《そぶ》りを見せたが、すぐに顔を上げた。

「それでも構いません」

「現状、事件性があるかどうか確認できないので解剖には親族の同意が必要となります」

「わたしが全員を説得してみせます」

「費用もかかります」

古手川は浦和医大法医学教室で交《か》わされている話から解剖費用の相場を伝えた。

「何だ、それくらいの費用ならわたしのポケットマネーで払えます」

またぞろ寧々の傲慢さが顔を覗かせるが、古手川は聞き流すことにした。

「分かりました。では解剖の可能性を探《さぐ》ってみますので、ご親族を説得しておいてください」

＊

「そういう申し出だったんだよ」

話を終えた古手川は腕組みをして考え込む。古手川自身が事件性について自信を持てないからだろうと思えた。

「でも古手川さん。新型コロナウイルス感染症が既往症《きおうしょう》を重篤化させるというのは、その通りなんです。そしてワクチン開発については、どこの製薬メーカーもまだ成功していないというのも」

「俺だってニュースくらいは見ているよ」

古手川は少しむくれた様子だった。

「連日、今日の感染者は何人だ死者は何人だってニュース番組が挙《こぞ》ってカウントしているんだ。話題の八割方はみんなコロナ絡みだ。ワクチン開発に成功したなんてニュースがあれば、どこかの独裁者が死んだのと同じくらいの騒ぎで報じられるさ。けどなあ」

「けど、何ですか」

「セレブの世界が俺たち一般市民とかけ離れた場所にあるのも確かなんだよ。萱場啓一郎氏に限らず、あのクラスの人間たちはカネでできることなら何でも可能にしちまう。現に、宇宙ロケットを貸し切りにして月旅行に行こうと計画した御仁もいるだろ。NASA《ナサ》の宇宙飛行士でもない人間が月に行けるのは、下々《しもじも》の人間に有無を言わせぬだけのカネがあるからだ」

古手川の口調には厭世《えんせい》の響きがある。彼の愚痴《ぐち》を聞いている真琴も同じだった。当たり前の感覚では到底不可能なことを、彼らは財力で可能にしてしまう。それこそが彼我《ひが》の違いなのだが、知力や才能以外で夢を叶《かな》えてしまうのが、何とも遣《や》る瀬ない。

古手川が寧々に告げかけたという『有名人だろうが資産家だろうが、新型コロナウイルスは平等に襲いかかる』というのは至極《しごく》真っ当な言説で、何なら『死は誰にでも訪れる』と言い換えてもいい。貧しき者や報われない者がセレブたちを羨《うらや》みながらも決して世の中から葬《ほうむ》ろうとしないのは、最終的に辿り着く場所が同じだという公平さに慰められるからだ。

だが病からも、そして死からもセレブたちがカネの威光で免《まぬが》れるとしたらどうだろうか。

おそらく暴動が起きる。

人の命に上下や貴賤《きせん》はないと言う。理想だと思うし、だからこそ司法解剖などという他の医師が避けるような仕事にも誇りを持てる。

理想だ。だが決して真実ではない。

人の命には上下があり、ある国の人命はクルマ一台分の値段より安い。貧困層の人々は生活費を捻出《ねんしゅつ》するために我が子の臓器を売る。経済力によって命の価格には雲泥《うんでい》の差がある。

萱場啓一郎がカネにものを言わせてワクチンを接種したという話は、生活費のために我が子の臓器を売る話と表裏一体《ひょうりいったい》だ。古手川と真琴が感じる不条理と絶望はそこに根づいている。

「今回、俺は事件性ありと踏んでいる。しかし正直言ってあまり気が進まない。理由は言わぬが花なんだろうけど」

「古手川刑事の気持ちは理解できます」

キャシーが口を挟んできた。

「ワタシもスパニッシュハーレムの出身なので、古手川刑事のアンビバレントはとても共感できます。ドル紙幣《しへい》で貧しい者の頬を叩くファックな連中をずいぶん目にしました。彼らのために汗を掻けと命じられたら中指を立てたくなります」

「だからこそ浦和医大法医学教室に話を持ってきた」

「わたしたちを信頼してくれているから」

「それもあるけど、光崎先生なら俺が迷っている納得のいかなさなんて、ばっさり薙《な》ぎ払ってくれそうだからさ」

そのひと言で真琴は納得した。横を見ればキャシーも我が意を得たりとばかり何度も頷いている。

「正しい選択です、古手川刑事。確かにボスなら死体は死体としか扱いません。それも最大級の敬意を払って」

「早ければ今日中に連絡を入れます。待機しておいてください」

「OK、OK」

「ちょっ、キャシー先生。今回の解剖対象はコロナ患者ですよ。こっちもそれなりに入念な準備をしなきゃ」

「さっき言ったことをもう忘れましたか、真琴」

キャシーは嚙《か》んで含めるように言う。

「冷静でいるためにはルーチンワークを淡々とこなしていくに限ります。対象がコロナ患者であっても、心構えに大きな違いはありません。新型コロナウイルスは脅威ですが、ワタシたちが常に対峙《たいじ》している常在菌だって充分に脅威ではありませんか。それに」

「何ですか」

「初めてコロナ罹患者《りかんしゃ》の肉体を解剖できるのです。ワタシはもちろん、ボスが興味を示さないはずはありません。これが何を意味するか分かりますか」

真琴は一拍置くことにした。こちらが黙っていればキャシーが勝手に言葉を続けてくれる。

「ボスの解剖によってコロナ罹患者の新たな病変が判明するかもしれません。それによってコロナウイルス感染症に対する予防や治療にcontribution（寄与）できる可能性に繋がるのですよ」

キャシーの目は期待と興奮に輝いていた。

3

萱場啓一郎の遺体が安置されているのはさいたま市内の病院だった。県警本部からも近いため、法医学教室の承諾さえ得られればすぐにでも現場に直行できる。

「病院が近場にあるのはいいとして、どうしてわたしが同行しなきゃいけないんですか」

覆面パトカーの助手席に押し込められた真琴はせめてもの抵抗を試みる。古手川との仕事は長く今更の感も否《いな》めないが、最近は困惑顔を眺めるのも一興だと思っている。

「遺族に司法解剖を納得させるには、警察より法医学教室の関係者の方が効果的だろ」

「警察の方が国家権力の行使って感じで強制力あると思うけど」

「俺みたいな若僧が上から目線で言ったら、絶対に遺族の反感を買う。どう考えたって真琴先生が説得した方がいいに決まっている」

「せめて渡瀬さんくらいの交渉力を身につけてほしい」

「あれは交渉力じゃなくて、ただの強面《こわもて》って言うんだ」

古手川の愚痴が最近では耳に心地《ここち》いい。それだけコロナ禍による対面接触の少なさが心身に堪《こた》えているのかと、真琴は少しばかり驚く。

日常的に顔を合わせ言葉を交わす。相手の口元を見ながら話し、時には触れ合いもする。当たり前と捉《とら》えていた仕草が、実はコミュニケーションの手段として不可欠なものであったと思い知らされる。

到着した〈浦和総合医療センター〉では霊安室の前に遺族たちが集まっていた。

いち早く古手川の姿を認めた女性が声を上げた。彼女が姪の寧々なのだろう。

「あ、刑事さん」

刑事という声に反応して、その場にいた者全員がこちらを見た。皆が奇異な目でいるのは、寧々が警察に駆け込んだ事実を知らないせいだろうと思われる。

寧々の紹介によれば、集まっている関係者は全部で六人。

長兄の萱場慎太郎《しんたろう》と妻の律《りつ》、二人の一人娘が寧々となる。次兄の萱場憲太《けんた》とその妻である沙耶《さや》、二人の間に子どもはいないらしい。

家族ではないが関係者の一人と呼べるのが美山瑠璃子《みやまるりこ》だ。啓一郎と婚姻関係はないものの、三年前から同居しており事実上の配偶者なのだという。

「どうして警察がこんなところに」

古手川が身分を明かすと、長兄の慎太郎が早速声を上げてきた。

「啓一郎の死亡については病院を通じて知らせてある。どうして今更のこのこやってくる。コロナによる病死なのは明らかだろう」

啓一郎の経営する〈KAYABA　TOWN〉では慎太郎と憲太が取締役に名を連ねている。警察官に対する物言いが横柄《おうへい》なのはそのせいかもしれない。

態度が横柄な人間の相手は古手川も慣れている。

「所轄《しょかつ》に連絡は入っているでしょうが、コロナ罹患による病死かどうか確認する必要があります」

「病死であるのは主治医の新川《あらかわ》先生が証明してくれるだろう。昨日の話では、この病院では病理解剖も容易ではないと申し入れがあった」

「それ、ご遺族全員が承諾されたのですか」

問われた慎太郎は寧々を一瞥《いちべつ》する。病理解剖の省略を承諾しかけた時、他の遺族が寧々の反駁《はんばく》に遭《あ》って回答を保留しているのは、本人から聞いて知っている。慎太郎が寧々を睨んだのは、彼女が古手川たちを呼んだと察したからだ。

「折角ご足労いただいたのに申し訳ないが、コロナに対応できるのは医者だ。警察官のあなたじゃない」

慎太郎は傲然と言い放つが、古手川の性格を熟知する真琴は内心で嘆息する。今の発言は地雷を全力で踏みつけるようなものだ。

「ご心配なく。ここにいらっしゃるのは浦和医大法医学教室の栂野真琴先生です。解剖に関して同教室は斯界《しかい》の権威ですよ」

斯界の権威は光崎を指しているのだが、この程度の拡大解釈は許容範囲だろう。案の定、慎太郎をはじめとした遺族の顔つきに変化が生じる。

ところが逆に表情を険《けわ》しくした者もいる。

「あの人を切り刻むのですか。わざわざこの病院から移してまで」

瑠璃子はつかつかと古手川に歩み寄る。近づくと古手川と同じ背丈で、長身であるのが分かる。慎太郎よりも強硬な態度を取ることで、故人との結びつきが堅固《けんご》であると主張しているようだ。

「法医学教室で解剖だなんて。まるで啓一郎が犯罪に巻き込まれたみたいじゃないですか」

「病理解剖も司法解剖も、内容にそれほど大きな違いはありませんよ」

厳密に言えば病理解剖は死因をはじめ病変の本態、種類、程度や治療の効果および影響などを解明するために行われる。遺族の承諾が必要であるため承諾解剖という言い方もある。一方、司法解剖は犯罪の疑いのある死体について、刑事訴訟法に基づき裁判上の鑑定のために行われるものであり、こちらは強制解剖と呼ばれる。だが、そんな相違点をこの段階で説明してもややこしくなると思えたので、真琴は古手川の横で黙って頷くだけにした。

「内容の違いではなく、体裁《ていさい》の問題です」

瑠璃子は妻の顔をして尚も言い募る。

「ただでさえ世間やマスコミの視線を集める人だったんですよ。司法解剖をしたことが外部に洩《も》れでもしたら、たちまち口さがない連中があることないことを言い出すに決まってます」

慎太郎ほか、親族の面々は瑠璃子を疎《うと》ましげに見ながらも諫《いさ》める様子はない。真琴にもこの場の雰囲気がいささか剣呑《けんのん》であることくらいは肌で感じ取れる。ひりひりと皮膚を刺されるような感覚は以前にも味わった。やはり莫大《ばくだい》な資産を持つ者が亡くなった際、場の空気は刺々《とげとげ》しくなったのだ。

これも寧々が古手川に伝えていたのだが、瑠璃子が遺族に対して強気なのには理由がある。民法上、婚姻関係がなければ法的な配偶者として認められず、相続権は存在しない。ただし長年故人と一緒に生活し、住民票を同じにしたりしていれば事実婚関係を証明でき、正式に婚姻している場合ほどではないまでも、様々な法的保護を受けられることを瑠璃子が知っているからだ。

「啓一郎さんはコロナに罹って亡くなりました。まだワクチンや治療薬も見つからない中、ウイルスの毒牙《どくが》に蝕《むしば》まれたんです」

瑠璃子は多分に芝居がかった仕草で嘆《なげ》いて見せる。口調も大袈裟《おおげさ》なので、真琴には鼻について仕方がない。

「このまま普通に火葬して弔《とむら》ってあげたい。警察の介入は要りません」

古手川はと見れば、はや苛立《いらだ》ちが顔に出ている。寧々からの申し出があるとはいえ、事件性がないままで強制解剖するには問題がある。現時点では病理解剖と同様、遺族の承諾を得なければならない。

真琴は瑠璃子の前に一歩進み出る。

「お気持ち、お察しします」

瑠璃子ははじめて存在に気づいたように真琴を見る。長身であるため、こちらを見下ろすような格好になる。威圧感に押されながら真琴は続ける。

「ウイルスの素性《すじょう》も不明、わたしたち医療従事者も重篤な患者さんが運ばれてくるのを、指を咥《くわ》えて見ているしかありません。かつて黒死病《こくしびょう》と呼ばれたペスト菌がヨーロッパを席巻した時、世界中の医療従事者はこんな気持ちだったと思います」

真琴も瑠璃子に劣らずいくぶん芝居がかっているが、こちらが日々新型コロナウイルス感染症に悩まされているのは本当なので嘘《うそ》は微塵《みじん》もない。

「この病院が病理解剖を忌避《きひ》する理由も理解できます。新型コロナウイルス感染症、正式名称COVID-19《コヴィッド》は致死的な感染症であるため、他の疾患《しっかん》と同等に扱うことが危険視されているからです。実際、コロナで病死された患者さんが解剖された例はまだ数えるほどしかありません。解剖例の少なさによる病態解明の遅れが、新型コロナウイルス感染症への恐怖を一層煽《あお》っているという側面も否定できません」

真琴を送り出したキャシーの声が脳裏《のうり》に甦《よみがえ》る。

『ボスの解剖によってコロナ罹患者の新たな病変が判明するかもしれません。それによってコロナウイルス感染症に対する予防や治療にcontribution（寄与）できる可能性に繋がるのですよ』

死体好きという困った性癖があるものの、それ以前にキャシー・ペンドルトンはヒポクラテスの誓いを遵守《じゅんしゅ》する真摯《しんし》な医療従事者だ。彼女の思いは真琴のそれとも重なる。

致死的な感染症であれば、尚更解剖して病態を解明しなければならない。だがCOVID-19の病理解剖は結核と同様に標準予防策に加えて空気感染対策が求められており、施設の換気設備とN95マスクあるいは電動ファン付き呼吸用保護具の着用が必須となる。現状、そうした設備を常備した上でスタッフが感染症対策に最も慣れているのは法医学教室をおいて他にないのではないか。

「誰だって自分がコロナで亡くなるなんて想像もしていません。萱場啓一郎氏もさぞかし無念だったと思います。美山さん、でしたね。故人と長らく生活をともにしていたあなたなら、啓一郎氏の無念がお分かりになるんじゃありませんか」

真琴が強い視線を浴びせると、瑠璃子は戸惑ったように顔を背けた。こちらの切り返しを予想していなかったらしい。

「古手川刑事が言ったように浦和医大法医学教室には斯界の権威とされる教授がいます。手前味噌《みそ》のようですけど、啓一郎氏も教授によってご自身の病態を解明してもらえれば少しは無念が晴れるのではないでしょうか」

言葉を切った時、密《ひそ》かな達成感があった。遺族の衷心《ちゅうしん》に訴えかける効果は覿面《てきめん》とさえ思った。

だが、思い上がりは次のひと言によって粉砕された。

「なーにを気取ってるんだか、お姐《ねえ》さん」

今まで黙っていた憲太が不意に口を挟んできた。

「啓一郎が無念に思っていたかどうかなんて、赤の他人のあんたに分かるはずがないだろう」

「でも、原因不明のウイルスなんですよ。ご本人だって確立された治療法を施《ほどこ》してほしいと思っていたはずです」

「だから、それだってあんたの想像に過ぎないだろ」

憲太は顎《あご》を上げて冷笑する。

「そもそもあんた、啓一郎の女癖の悪さを知った上で無念だとか何とか言ってんのか。あいつはこのコロナ禍で三密《さんみつ》が叫ばれてる中、不特定多数の女と濃厚接触して平然としていたんだぜ。どこぞの女にコロナを感染させられたところで本望だとは思うだろうが、無念だとは感じないさ」

瑠璃子が眉《まゆ》を顰《ひそ》めてみせたが、憲太はまるで意に介《かい》さない様子だ。

「俺たちにも女遊びに忙しくてパンツ穿《は》いているヒマもないって、散々豪語していたからな。仕事にしたって〈KAYABA　TOWN〉を一人で立ち上げて大手にまで育てた。並みの人間の十人分以上の働きをしたんだ。ここまでやって死ねたんだから、男としては大往生《だいおうじょう》ってものだろ」

軽薄な物言いの中にも仄《ほの》かな嫉妬心《しっとしん》が聞き取れる。取り澄ました対応の慎太郎とは対照的だが、根っこのところは同じなのかもしれない。

これに寧々が噛みついた。

「何が男として大往生よ」

「どうかしたのか、寧々」

「啓一郎叔父さん、姪のわたしから見ても魅力的だった。男としても経営者としても脂《あぶら》が乗り切っていた。そんな人がウイルスなんかに殺されて本望のはずがないじゃない。憲太叔父さん、啓一郎叔父さんが妬《ねた》ましかったからそんな風に言うんでしょ」

「いくら姪でも言っていいことと悪いことがあるぞ」

第三者を前にして、よくもまあ醜態《しゅうたい》を晒《さら》せるものだと思う。

二人の間に険悪な空気が漂いだした時、一喝が飛んだ。

「よさないか、寧々」

慎太郎が割って入ると、寧々も憲太も気まずそうに離れた。喧嘩《けんか》の最中に水を掛けられた犬のように見えた。

「栂野先生。あなたの病態解明に対する熱意はよく分かります。未曾有《みぞう》のパンデミックに立ち向かう医療従事者の皆さんには本当に頭が下がる。しかし、それとこれとは話が別だ」

さすがの長兄らしき威厳に、真琴は気圧《けお》される。

「啓一郎は〈KAYABA　TOWN〉の創業者であるとともにわたしたちの可愛い弟だ。病魔《びょうま》に苛《さいな》まれた身体をこれ以上傷つけたくない。せめて綺麗《きれい》なままで見送ってやりたい。ここはどうぞお引き取り願います」

慇懃《いんぎん》に言われては抗弁もしづらい。遺族としては真っ当な申し出であり、啓一郎の治療に関与しなかった真琴には発言権もない。

逡巡《しゅんじゅん》していると、自分の肩に古手川が手を置いた。いったん退《ひ》け、の合図だった。

「失礼しました」

真琴は頭を一つ下げ、古手川とともに霊安室の前から去る。遺族にやり込められた悔しさはあるが、打つ手がなくなった訳ではない。まだ可能性が残されているからこそ古手川は一時退却を決めたのだ。

これからどうする、とは二人とも訊《き》かなかった。行く先は言わずとも分かっている。真琴と古手川は別棟に移動し、啓一郎の主治医を訪ねた。

「病理解剖は院長が嫌がっているんですよ」

新川医師は少し恥じ入った様子で、現状を嘆いた。

「梅野先生が仰る通り、コロナで病死した患者さんのご遺体は病理解剖に付すべきだと思います。しかし、新型コロナウイルスの素性が分からない以上、こちらのリスクを考慮しない訳にはいきません」

真琴が法医学教室の人間だからだろうか、新川はいくぶん自嘲《じちょう》気味に訴える。

「もうお気づきでしょうが、この〈浦和総合医療センター〉にも多くのコロナ感染者が殺到しています」

真琴はもちろん、古手川も顔を顰《しか》めていたので気づいているはずだ。医師や看護師たちが廊下を小走りし、静謐《せいひつ》なはずの病棟がひどく騒々しかった。

「医者も看護師もまるで数が足らない。緊急措置として、本来は休日予定だった者まで駆り出されている始末です。既に満床に近い状態だというのに、外来患者は一向に減る気配がない。滅多《めった》なことは言いたくありませんが、こんな状況ならいつ医療崩壊が訪れても不思議じゃありません」

「浦和医大も似たような状態ですよ」

「そうでしょう、そうでしょうとも」

新川の目が共感を求める。真琴は居心地悪い一方で頷かざるを得ない。

「だったら理解いただけるはずです。医療崩壊が目前だというのに、亡くなったコロナ患者の病理解剖なんかすれば余計に人員を取られ、その上遺体からの感染が危ぶまれる。言葉は悪いが二次被害の危険性が高い」

「それで院長が病理解剖を嫌がっているんですね」

「ここ、院長がオーナーなものですから」

あたかも自分は解剖する意思があるのに、状況がそれを許さないと自己弁護しているようだった。

同じような話は浦和医大の同期からも聞いている。大学の医学部なら患者を診《み》るだけではなく、病態の解明が義務づけられているようなものだ。だが新型コロナウイルスの致死性の高さが障壁になって、なかなか積極的になれない。

医療従事者も自分の命は惜しい。未知の病原菌など怖くて堪《たま》らない。非常時には忘れられがちになるが、単純明快な事実だ。

「加えて萱場啓一郎氏は相当な資産家でしたからね。ご遺族の意向を無視するのは困難です。彼らに承諾解剖を拒絶されたらどうしようもありません」

「解剖まではいかなくても、啓一郎氏の遺体を調べたんですよね。そもそも既往症は何だったんですか」

「啓一郎氏は以前に心筋梗塞《しんきんこうそく》を発症したことがあります。連日、高脂質高カロリーの食事を続けたために、コレステロールの沈着で動脈硬化を引き起こしたのですよ」

「典型的な生活習慣病ですね」

「今から五年前のことです。以来、偏《かたよ》った食事はしないように指導していたのですが、コロナウイルスによって重篤化しました。また肝障害を起こし、黄疸《おうだん》や皮膚の色素沈着が見られました。高熱と発汗、そして嘔吐《おうと》。コロナの初期症状を経た後、心肺が停止しました」

新川は無念そうに首を振る。

「その他、体表面に何か異状は見当たりませんでしたか」

問われると、新川は顰め面《つら》のまま口を閉ざした。

「何かあったんですね」

「富裕層にはありがちなことです」

「教えてください」

「二年前から主治医になったつもりでしたが、啓一郎氏はわたしを充分信用してくれていなかったようです。左腕に注射痕が残っていました」

自分の知らない注射痕を見せられれば、主治医としてのプライドが傷つけられるのも当然だろう。

「これも富裕層にはありがちな話ですが、最初は何らかの向精神薬を打ったのかと思いました。尿《にょう》検査では違法薬物の類は検出されませんでしたが、ご自分で何らかの薬剤を注射したとしか思えません」

「どうして、そう思うんですか」

「注射痕が痣《あざ》になっていた。不慣れな人間が注射器を扱った証拠ですよ」

「注射痕はいくつありましたか」

「ほとんど消えかけているものも含めれば六カ所でした」

真琴は古手川と目を合わせる。寧々の話によれば、啓一郎は六回に亘ってワクチンを接種したのだという。証言はぴたりと合致している。自分で注射したというのも、非合法なルートで入手したワクチンなら合点《がてん》がいく。

「真琴先生」

古手川は伝言するのももどかしそうに言う。

「俺は今から県警本部に戻る」

「じゃあ、わたしも」

「真琴先生は残っていてくれ」

その瞬間、嫌な予感しかしなかった。

「啓一郎氏の遺体がどんなタイミングで火葬されるか分かったものじゃない。俺が戻ってくるまで止めておいてくれ」

「わたしは部外者なんですよ。遺族に火葬を思い留《とど》まらせるのなら寧々さんが適役じゃないですか」

「さっきのやり取りを見ただろ。彼女も父親にはからっきしだ。当てにならない」

「第三者のわたしがどうやって、あの偏狭《へんきょう》な遺族たちを説得するんですか」

「解剖に消極的だったり批判的だったりした遺族は初めてじゃないだろ。今まで培《つちか》った経験の生かしどころだ」

そう言い残すと、古手川はあっと言う間に姿を消してしまった。

当初から身勝手な男だと思っていたが、最近では更に拍車がかかったような気がする。真琴は諦めて溜息《ためいき》を吐《つ》いた。


身勝手さはともかく、古手川の判断は正しかった。霊安室の前に戻ると、遺族たちは火葬する手続きを話し合っていたのだ。

「火葬もしていない遺体を棺桶《かんおけ》に入れたままだと、葬儀にも人が集まらん」

「そーねー。でも葬式しても、三密を回避して参列者なんて集まらないんじゃないの」

「そりゃあ他の一般人はそうだろうけど故人は萱場啓一郎だぞ。取引先の関係者なら防護服を着てでも参列するさ」

「マスコミ対策はどうするのよ。もちろんシャットアウトするのよね」

「いや、むしろ報道を許可してもわたしはいいと思う」

「どうしてだよ、兄貴」

「〈KAYABA　TOWN〉創業者、立志伝中《りっしでんちゅう》の萱場啓一郎も新型コロナウイルスの前には無残に散っていった。そういう筋書きは世間の同情を一番得られる。啓一郎亡き後、会社の舵取《かじと》り役が誰になろうが、社長交代は好意的に受け止められるはずだ」

慎太郎たちが早くも次期社長について話し合っているのをよそに、寧々は霊安室の扉の前で立ち尽くしている。

「ひどいでしょ」

真琴が近づくと、寧々は小声で囁《ささや》いた。

「叔父さんがこの中でまだ眠っているのに、もう次期社長の椅子に自分が座ろうと考えているんですよ」

「叔父さんに最後の挨拶はしたの」

「亡くなった後、透明の板越しに遺体を見せられただけです。それも全身をビニール袋ですっぽり覆《おお》っていたから、顔も碌に拝《おが》めませんでした」

今年に入って国はコロナ感染者の遺体の取り扱いについて指針を出している。「遺体からは呼吸や咳《せき》による飛沫感染の恐れはないので、接触感染に注意することとなる」と明記した上で、納《のう》体袋《たいぶくろ》への収容を推奨しているのだ。納体袋は透明だが、遺体の体温や冷却剤の影響で曇《くも》り、遺体の顔は全く見えなくなることが多い。啓一郎の場合も、その例に洩れないのだろう。

「せめて、火葬される前に叔父さんの顔を見て最後の挨拶がしたいです」

今にも消え入りそうな声を聞き、思わず真琴は寧々を抱き締めそうになる。こちらに気を許してくれたのか、寧々は啓一郎の人となりを語り始める。

「派手好きで女好きだったけど、それは寂しがり屋だったせいだと思います」

「寂しかったら結婚という手段もあったと思うけど」

「自分は結婚に向いていない人間だと、本人が口癖のように言ってました。瑠璃子さんとの同居だって、向こうが無理やり押しかけてきて、後はなし崩しだったって」

「ご兄弟が経営陣に加わっているのだから、寂しさは紛《まぎ》れたんじゃないですか」

「父は一般企業に勤めるヒラの係長だったし、憲太叔父さんは当時無職でした。二人とも、啓一郎叔父さんに拾われたんです。そういう関係性で仲睦《なかむつ》まじくやっていけると思いますか」

富豪には富豪なりの孤独があったという訳か。そう言えば寧々にもどことなく孤独の影が付き纏《まと》っている。啓一郎が寧々を我が子のように可愛がったというのは、似た者同士だったからかもしれない。

寧々の話を親身になって聞いていると、不意に憲太の声が大きく聞こえてきた。

「やっと病院前に到着したらしいな」

安堵した声に、真琴は却《かえ》って緊張する。

「さっき葬儀社に連絡しておいた。最初は至急のコロナ対応を渋っていたが、啓一郎の名前を出したら即効だったぜ」

間もなく頭の先から爪先《つまさき》まで白ずくめの集団が姿を現した。憲太の言《い》っていた葬儀社の社員に相違ない。彼らはゴーグルにマスク、手袋、防護服と完全防備の出で立《た》ちで、さながら廃炉《はいろ》作業に従事する原発作業員のようにも見える。

「申し訳ありませんが、ご遺族の方は距離を取ってください」

国の指針では臨終《りんじゅう》から火葬に至るまで、関係者に慎重な感染対策を求めている。一部医師からは「遺体からウイルスが感染することはない」との意見も出ているが、業務を担《にな》う葬儀社は遺族との接触を最小限に留めている。

彼らは霊安室の中に棺《ひつぎ》とともに入ると、やがて重くなった様子の棺を抱えて出てきた。棺には隙間《すきま》なく目張りがされており、中から空気が洩れ出るのを防いでいる。感染対策のための処置であるのは承知しているが、ひどく事務的で背徳感が否《いな》めない。

「やだ」

真琴の手を握る寧々の力が強くなる。

「啓一郎叔父さんが邪険に扱われている」

とうとう我慢できなくなった。

「すみませんっ」

真琴の声で社員たちは動きを止める。

「ご遺体の搬送をもう少し待っていただけませんでしょうか」

「何を言い出す」

咄嗟に憲太が聞き咎《とが》める。

「火葬してしまえば、もう故人とご遺族がお別れをする機会は失われます。それでは心残りじゃありませんか」

時間稼《かせ》ぎの抗弁に過ぎないが、半分は寧々の心情を慮《おもんぱか》っての言葉だった。

「心残りなんてあるものか」

憲太は嘲《あざけ》るように言う。

「俺たち兄弟は心の中でずいぶん別れの言葉を言った。それはもう、啓一郎にしか伝わらない言葉でな。そうだろう、兄貴」

「ああ、もちろんだとも」

何て白々《しらじら》しい。

真琴も演技をすることがあるが、この兄弟ほどではない。それも大根演技だから尚更見苦しい。

「葬儀社の人、早く運んでいってくれ」

「承知しました」

兄弟の遺体をまるで粗大ゴミのように言ってのける。さすがに腹に据《す》えかねて、棺を担ぐ一人の肩を摑《つか》まえた。

「ちょっと、離してくださいよ」

「行かせません」

「あなた、そんな無茶を」

「この女先生を取り押さえろ」

憲太の言葉で慎太郎も動いた。背後から真琴の肩を鷲《わし》摑みにして、伸ばした手を無理やり解《ほど》かせる。

ああ、まただと思った。

運び出される遺体を止めようとして、親族から排除される。法医学教室に入った当初は想像もしなかったような行動を強《し》いられる。これは法医解剖を業《なりわい》とする者の宿命なのか、それともあの偏屈《へんくつ》な老教授のチームに入った祟《たた》りなのか。

「はい、皆さん。そのままそのまま」

廊下の向こう側から聞き慣れた声が聞こえてきた。棺を運ぶ者たちがぴたりと足を止める。

古手川だった。

「埼玉県警です。つい先ほど、萱場啓一郎氏のご遺体について鑑定処分許可状が出ました。ご遺体は火葬場ではなく、浦和医大法医学教室に搬送します」

4

直《ただ》ちに死体搬送車が手配され、真琴と古手川が乗り込んだ。ハンドルを握る古手川も助手席の真琴もN95マスクと防護服で完全防備の姿でいる。

「ちょっと大袈裟すぎやしないか、これ」

「運転しづらいでしょうけど我慢して。わたしたちも初めての経験なんだから。慎重に慎重を重ねても、まだ足りないくらい」

「死体は納体袋に密閉されていて、棺桶には継ぎ目全部に目張りがされているんだぜ」

「ウイルスの大きさは直径がおよそ100nm《ナノメートル》から200nm。光学顕微鏡では観察不可能、電子顕微鏡でやっと。チャックや目張りなんて気休め程度に考えておいてください」

「おお怖《こわ》」

古手川は軽薄に返すが、真琴の緊張を解すためだと分かっているので腹は立たない。

「で、法医学教室の受け入れ準備は」

「キャシー先生が殊《こと》の外《ほか》張り切っちゃって」

生来の死体好きということもあるだろうが、コロナ感染者の遺体を解剖できるとあって声がいつも以上に弾《はず》んでいた。下手《へた》をすれば死体にキスでもしそうな勢いだった。

「初の試みにはなるけれど準備は万全」

「ヤバいとか思わないか」

「そりゃあ素性の不明なコロナウイルスだから慎重にも慎重を期すべきだけど、いつまでも手をこまねいている訳にもいかないでしょう」

「そうじゃなくてさ。真琴先生、自分でも浮かれ気味なのを自覚しているのか」

「え」

指摘されて気づいた。萱場啓一郎の死体を後ろに乗せながら、気分は恐怖よりも昂揚《こうよう》感が勝《まさ》っている。

「自分でも知らないうちに似てきたんだよ。光崎先生にも、キャシー先生にも」

マスクで表情が知られないのを、これほどありがたいと思ったことはなかった。

法医学教室に到着すると、案の定キャシーが二人を迎えた。

「Welcome!」

死体に「ようこそ」も何もないものだが、キャシーの口から出ると違和感がまるでない。

「いつもより道が狭くなっているけど、よろしく」

六人の運搬係の後についていくと、古手川の口からおうという驚きの声が出た。

教室の入口から解剖室に至るまで幅一・五メートルほどの細い歩行帯が設《しつら》えられ、その両側には背丈以上のアクリル板が壁のように屹立《きつりつ》している。ご丁寧にも板の向こう側には白布が被《かぶ》せられ、机もキャビネットも完全に隠れている。

今年、国立感染症研究所感染病理部からは「新型コロナウイルス感染症等に関する日本病理学会の病理解剖指針」が示されており、医療施設では指針に基づいて病理解剖業務を実施する運びになっている。その一つが接触・飛沫予防策とエアロゾルによる感染への対策だ。一見、極端に慎重と思える感染対策も指針に準拠した結果に過ぎない。

「はい、古手川刑事はここまでです」

先に棺が運び込まれると、キャシーは後に続こうとした古手川に待ったをかける。

「待ってくださいよ、キャシー先生。俺にも解剖を見届けさせてくださいよ」

「他のケースならともかく、今回ばかりはrefuse（拒否）します。検体に接触する人間は少なければ少ないほど安全です」

「俺だって完全防備なんですよ、ほら」

「その装備は必要最小限のものに過ぎません。これから解剖室の中では飛沫やエアロゾルによる感染が襲いかかってきます。防護服の一枚外は地獄。シロートの立ち入る場所ではありません」

「しかし」

「餅《もち》は餅屋。黙ってボスの宣託《せんたく》を待っていなさい」

解剖室に入る前に真琴とキャシーは更に防護を強化する。通常の解剖業務に使用する防水エプロン、手袋、アームカバー、キャップ、長靴に加え、飛沫対策としてゴーグルを着用する。もちろんN95マスクも必携《ひっけい》だ。

着替えを済ませて解剖室に入ると、部屋自体にも感染対策が施されているのが分かる。外部よりも気圧を低くし、換気がしやすいようにわざわざHEPA《ヘパ》フィルターを設置して空気の再循環を図っている。解剖では検査用に臓器を摘出するケースが少なくないが、今回はP2レベルの安全キャビネットが確保してある。

それだけではない。天井部には床面に向かって吹くエアーカーテンが設置され、部屋全体に防水シーツや防水紙が敷き詰められている。わずか半日でこれだけの設備を用意したキャシーは辣腕《らつわん》としか言いようがない。

「新型コロナウイルスが蔓延しだした当初から、カタログを見て取り寄せていました。間に合ってラッキーでした」

「予算はどうしたんですか。解剖費用だって満足に下りてこないっていうのに」

「〈コロナ感染対策費〉で申請したのです。緊急事態なので、予算の特別枠から支出してもらいました」

「特別枠なんてものがあったんですか」

「あるところにはあるものなんですよ」

得々と話すキャシーを見ていると、まだまだ自分は未熟だと痛感する。

剖検台には納体袋に包まれたままの死体が乗せられている。真琴とキャシーは丁寧に袋から死体を出し、静かに横たわらせる。

手術道具一式を揃《そろ》え、記録の準備を整えたところで法医学教室の主《あるじ》が姿を現した。

光崎藤次郎《とうじろう》教授。小柄な体をタイベック製の防護服に包んでいるが、歩くさまは颯爽《さっそう》として歳《とし》を感じさせない。ゴーグル越しでも眼光の鋭さは隠しようがない。

光崎は死体を起こし、背中から臀部《でんぶ》まで広がる死斑《しはん》を確認する。今やベテランの医療従事者ですら忌避したがるコロナ感染者の死体だが、光崎はいつも通り怯《ひる》まず気負わずといった体《てい》で臨《のぞ》んでいる。

これこそが平常心だと思った。たとえ敵が正体不明のウイルスであっても、冷静沈着でなければ正確な判断ができない。過小評価してはならないが、必要以上に恐れても意味がない。

「では始める。死体は五十代男性。体表面に際立った異状や外傷は認められないものの、腹部に紅斑点《こうはんてん》あり。死亡直前の検査によりCOVID-19陽性反応が確認されている。各人、執刀時の飛沫とエアロゾルには細心の注意を払うように。メス」

鋭利な刃先がYの字を描くと、痕から血の玉がぷくりと浮き出す。普段であれば動じない真琴も、思わずひやりとする。

落ち着け。

飛沫が飛んだとしてもこちらは完全防備でいる。第一、光崎の執刀で派手な血飛沫《ちしぶき》など飛ぶはずもない。

身体を両側から開くと中が明らかになる。見慣れているはずの光景だが、そこにウイルスが充満していると思うと、禍々《まがまが》しく見えもする。肋骨《ろっこつ》を切除すると各臓器が露わになる。

啓一郎の直接の死因は心不全だ。光崎は冠動脈《かんどうみゃく》を探《さぐ》り、血管にメスを入れていく。

真琴は凝視《ぎょうし》してみたが、血管内には突然死によく見られる粥腫破綻《じゅくしゅはたん》も閉塞性血栓《へいそくせいけっせん》も見当たらない。内腔《ないこう》が狭くなっているのは確かだが、これは心筋梗塞の後遺症だろう。継続的に治療を受けていたのであれば、血栓が減少していても不思議ではない。

光崎はここぞと思う箇所を切開してみるが、いずれの血管にも大きな異状は認められない。真琴は不安になってキャシーと目を合わせるが、彼女も困惑しているようだった。

冠動脈内膜にできた粥状硬化性病変（プラーク）のうち、脂質成分が多く不安定なものはひとたび破綻すると血栓を形成し、これが灌流《かんりゅう》域の冠血流《かんけつりゅう》量を低下させて心筋の壊死《えし》や狭心症《きょうしんしょう》など重篤な不整脈の原因となる。

だが、そのプラークも血栓も認められない。

いよいよ光崎は死因となった心臓にメスを入れる。突然死の中にはプラークも血栓もなく、ただ高度の冠動脈狭窄《きょうさく》と見られるものがある。心筋には、せいぜい顕微鏡レベルのちいさな線維《せんい》化巣《かそう》が散在しているだけだから肉眼では察知できない。だが心臓自体には異状が残っているはずだ。

心臓が瞬《またた》く間に刻まれる。しかし左右の心室自由壁《しんしつじゆうへき》には破裂の痕もなく、心膜腔《しんまくくう》に血液が溜《た》まっている形跡もない。

矢庭に真琴は胸騒ぎを覚える。新型コロナウイルスが重篤化を促進させたとしたら、心臓に何らかの異状が残っているはずだ。それが見当たらないのは、いったいどういう訳なのか。

光崎は何を思ったか、小腸に手を伸ばした。両手で下支えしながら、煌々《こうこう》とした明かりの下に照らし出す。

あっと思った。

小腸の一部が腫脹《しゅちょう》していたのだ。

光崎のメスが入り、内部の粘膜が顔を覗かせる。

真琴は目を凝らして、今度こそ声にならない叫びを上げそうになる。

小腸内部は米のとぎ汁状に変化していた。

光崎は合点がいったように浅く頷き、粘膜の一部を切除してプレートに載せて蓋《ふた》をする。

「分析にかける。毛髪と爪も採取。おそらく亜ヒ酸《あさん》だろう」

「砒素《ひそ》中毒、ですか」

「小腸の一部腫脹と内部の変化は砒素中毒の症状を示している。分析すれば結論は出る」

「COVID-19はどう作用したのでしょうか」

「知らん」

光崎は言下に切り捨てる。

「PCR検査で陽性だろうが陰性だろうが、少なくとも直接の死因は砒素だ。急性砒素中毒の症状は腹痛と嘔吐。COVID-19の症状も同様だから、解剖しなければ間違える可能性がある」

光崎は喋《しゃべ》りながら閉腹作業を始める。COVID-19に侵された死体でも、扱い方は常時と変わらない。手の動きに無駄はないが、丁寧で死体への敬意が感じられる。

恐れも嫌悪もない仕草を見ていると、解剖がまるで敬虔《けいけん》な宗教的行事のように思える。いつか自分もその域に手が届くのだろうか。

ふとキャシーを見れば、記録用のカメラから離れて考え込んでいた。

「どうしましたか、キャシー先生」

「記念すべきCOVID-19感染者初の解剖例になったのは喜ばしい限りですが、寧々さんの証言がこのようなかたちで反転するとは」

それで寧々の言葉を思い出した。

『叔父は六回に亘ってワクチンを接種しました。ところが主治医は新型コロナウイルス感染症による死亡と死亡診断書に記載したそうです。変ですよ。絶対に変です』

啓一郎が非合法に入手した薬剤がワクチンではなく亜ヒ酸だったとしたら、事件は大きく様変わりする。

真琴が解剖を終えてから判明した事実を伝えると、古手川は興奮を抑えきれない様子だった。

「だったら、これはれっきとした犯罪じゃないか」

真琴も同じ意見だったので黙っていた。

「氏の入手したワクチンがビタミン剤や生理食塩水だったのなら、それはただの詐欺だ。甘言《かんげん》に騙《だま》された金持ちが大金をドブに捨てたという話に過ぎない。しかし砒素が使われたのなら誰かの悪意が存在していることになる。真琴先生。これは新型コロナウイルス感染症のパンデミックを利用した、世にも卑劣な殺人事件だよ」

二　偽薬

1

　啓一郎が不法に入手したのがワクチンではなく砒素《ひそ》だったことが判明すると、俄《にわか》に県警捜査一課は慌《あわ》ただしい雰囲気に包まれた。古手川の報告により一課と鑑識係は急遽《きゅうきょ》、家宅捜索のために萱場宅に臨場《りんじょう》した。

　浦和駅西口を出て、県庁通《けんちょうどお》りの先に新築間もないタワーマンションが聳《そび》えている。その最上階フロア全部が啓一郎の住まいだった。

　鑑識係が部屋中を捜し回っている間、古手川は歩行帯の上で所在なげにしていた。地上三十二階、同じ高さのビルがないから中を覗くような者はいないにも拘《かか》わらず、窓は内側からブルーシートで目隠しされている。シートの端を捲《めく》って全面ガラスから外を眺めると、真下に県庁を望めた。

　確かに眺望はいいんだよな。

　古手川は自分がこの部屋に住まう光景を想像してみるが、どうも上手《うま》く像を結ばない。独り身には広すぎるからだろうか。そう言えば瑠璃子が同居していたのを思い出し、自分の隣に真琴を座らせたところで邪魔《じゃま》が入った。

「外の様子が気になりますか、古手川さん」

声を掛けてきたのは鑑識係の管江《くだえ》だった。

「外の様子より住んでいた人間の心根の方が気になる」

「萱場啓一郎はセレブの代名詞みたいな人でしたからね。今日びセレブが住んでいるのは高級住宅地の一戸建てじゃなく、こういうタワマンの高層階ですよ」

「でもベランダがないから洗濯物も干せない」

「セレブは自分で洗濯なんてしやしません」

「マンション周辺の住民にしてみたら、毎日見下ろされているみたいで気分がよくないだろ」

「だからセレブってのは、そういうのを気にしない種族なんですよ」

「管江さんはセレブが好きそうだな」

「そうですね、上から糞《ふん》を落とすハト並みには好きですよ」

おや、逆だったたか。

「昔っから言うじゃないですか。馬鹿と煙は高いところが好きって」

管江は毒を一つ吐くと、洗面所から押収したコスメ類を外に運んでいった。

部屋の中を観察する限り、萱場啓一郎というのは結構な俗物《ぞくぶつ》だったようだ。派手な高級腕時計や、どんなパーティーに着けていくのか想像できないアクセサリーで溢《あふ》れ返っている。書棚に収められているのはベストセラーになった書籍ばかりで、内容の硬そうな本は一冊も見当たらない。

「古手川さん、これ」

別の鑑識係がポリ袋を携《たずさ》えてやってきた。袋の中には使用済みの注射器と空《から》のアンプルが入っている。

「洗面所のゴミ箱で見つけました」

「一般家庭では、あまり見かけない代物だな」

普通であれば麻薬や大麻《たいま》等違法薬物の存在を疑う場面だが、今回ばかりは勝手が違う。逆に違法薬物であったら話は簡単なのにと、古手川は複雑な気持ちになる。

「どうしてこんなものまで押収するんですか」

誰かが玄関ドアを開けた瞬間、外から居丈高《いたけだか》な声が洩れ聞こえてきた。

「いや、どなたの所有物か判明していませんので」

「わたし本人が自分の持ち物だと言ってるんです。これより確かな話はないでしょう」

どうやら一時的に部屋から追い出された瑠璃子が鑑識係と揉《も》めているらしい。

鬱陶《うっとう》しくなりそうな予感を覚えながら声のする方に赴《おもむ》く。予想通り、瑠璃子が管江に食ってかかっていた。

「あ、刑事さん、ちょうどよかった。この鑑識の人がわたしの化粧品を勝手に持ち出そうとしているんですよ。何とかしてください」

「美山さん、申し訳ありませんが、押収したものはいったんお預かりする規則なんです。啓一郎氏のものでないと分かり次第お返ししますから」

「でも」

「ちょうどよかったのはこちらの方です。あなたには訊《き》きたいことがあったんです」

古手川はエレベーター付近まで瑠璃子を連れていく。フロアに他の住人が存在していないのは聴取には都合がいい。

「啓一郎氏の遺体を司法解剖した結果、体内から毒物が検出されました」

「知ってる。お巡《まわ》りさんから聞きました」

啓一郎が新型コロナウイルス感染症による病死ではなく毒殺である事実はマスコミによって報道されている。だが、毒物の種類までは捜査本部も公表していない。

「ついさっき洗面所のゴミ箱から、使用済みの注射器と空のアンプルが見つかりました」

瑠璃子の顔色がより険悪になった。

「一般市民の家庭には注射器やアンプルは不要でしょう」

「ウチは一般市民の家庭じゃありませんから」

そうきたか。

「啓一郎氏、あるいはあなたが日常的に注射器を使用する必要があったんですか」

「ひょっとしてわたしたちが違法なクスリを打っていなかったか疑っているんですか」

「違法なクスリなんて、ひと言も言ってませんよ」

瑠璃子は束《つか》の間《ま》、黙り込む。まさか瓢簞《ひょうたん》から駒《こま》で、本当に二人とも違法薬物を使用していたのか。

「未承認のワクチンを入手したという話は、啓一郎本人から聞いていました」

「詳しく教えてください」

「全国で新型コロナが感染拡大して死者が出始めた頃、啓一郎からその話があったんです。ワクチン一本に一千万円、六本セットで六千万円。高価だと思いましたけど、以前心臓病を患ったことのある啓一郎にしてみれば、命を買うようなものだから安い買い物だったんだと思います」

「よく未承認のワクチンに手を出そうなんて思いましたね」

「本人が言ってましたけど、新薬の開発は基礎研究から始まって治験も三段階あるから、承認までずいぶん時間がかかる。十年以上かかるのもざらにある。でも本当は早い段階で有効かどうかは見極めがついていて、見極めがついているから三段階も治験する。治験が開始されていれば、承認か未承認かは体裁《ていさい》の問題だけだって」

いかにも半可通《はんかつう》が言いそうな話だ。真琴をはじめとした医療従事者に聞かせたら、いったいどんな顔をすることやら。

「本人にすれば、〈KAYABA　TOWN〉の代表者でもあるので切実だったと思います。現に本人が亡くなった今、会社は上を下への大混乱で株価も急落したと聞いてます。それなのにまだ後継者も決まっていない。啓一郎もこういう事態だけは避けたかったに違いありません」

「あなたはどうなんですか。やはり同様にワクチンを打ちたかったんじゃありませんか」

「啓一郎から勧められましたけど、わたしは断ったんです。やっぱりちゃんと承認されたものをお医者さんの手で接種してもらいたかったから」

「それを証明してくれる人はいますか」

「わたしと彼のプライベートな会話です。証人なんているはずないでしょう」

「それでは失礼ですが美山さん、両袖《そで》を肩の付け根まで捲《まく》ってくれませんか」

即座にこちらの意図を理解したらしく、眼差《まなざ》しを険しくして一気に袖を捲り上げた。

両腕とも注射痕は見当たらなかった。

「これで満足いったかしら」

「失礼しました。これで質問が続けられます」

古手川は瑠璃子の非難めいた視線も微風のように受け流す。ずいぶん神経が図太くなったのは自覚もあり、きっと上司や法医学者の悪影響だと勝手に決め込んでいる。

「啓一郎氏は入手先について何か言っていましたか」

「それはよく知りません。どこかのサイトで注文したのか、直接売り込みがあったのかも聞いていません」

啓一郎はオンライン通販で財を成し、SNSの発信で知名度を上げた人物だ。入手がサイトを通じて行われたとして何の不思議もない。幸い、本人のスマートフォンもパソコンも捜査本部が押収している。解析すれば購入した経緯も早々に判明するのではないかと期待する。

「そのワクチンと称する代物を、啓一郎氏は自分で注射していたんですか」

「自分で打った方が安心すると言ってました。そもそもわたしは手先が不器用なんです。わたしに注射器を握らせるのが不安だったんだと思います」

「どうして、先に教えてくれなかったのですか」

「恥だからですよ。〈KAYABA　TOWN〉の代表取締役ともあろう人間がインチキなワクチンに手を出した挙句《あげく》、コロナで病死だなんて公《おおやけ》にできると思いますか」

「啓一郎氏が未承認のワクチンを入手したのを他に知っている人は」

「寧々さんが知っているんですよ。慎太郎さん家《ち》と憲太さん家も当然知っています。何しろ啓一郎本人が二人の兄に打ち明けたと言ってましたから」

「血を分けた兄弟ですからね」

「兄弟としてではなく、秘密を守れる役員だからですよ。たとえ新型コロナウイルスに感染しても、自分はワクチンを接種しているから大丈夫だとアピールしたかったんですよ」

「代表取締役の座を堅固《けんご》なものにしたかったからですか」

「啓一郎の兄たちは、弟ほど才覚がないんですよ。啓一郎が代表の座を下りたら〈KAYABA　TOWN〉はあっと言う間にダメになります。もう既にその兆候が出ているじゃないですか」

「啓一郎さんを恨《うら》んでいた人に心当たりはありますか」

「ネットを覗けば東京ドームに収容できないほど見つかりますよ」

悔しそうに嘆《なげ》く瑠璃子を見ていると、亡き啓一郎の孤軍奮闘《こぐんふんとう》ぶりが目に見えるようだった。時代の寵児《ちょうじ》と持《も》て囃《はや》され皆の羨望《せんぼう》を集めていても、本人は会社の存続のために足掻《あが》き続けていたのだろう。

　他人よりも上等な暮らしをしているからといって、心が安らかだとは限らない。捜査畑を歩いていると、そういうことが分かってくる。先刻まで啓一郎に抱いていた印象は早合点《はやがてん》だったと、古手川は反省する。

　浦和署の鈴村《すずむら》とともに訪れると、萱場慎太郎の自宅は啓一郎の住むマンションからさほど離れていない場所にあった。周りの住宅に比べて多少大きめの新築物件だが、悲しいかな弟の住まいとは比較にもならない。


　応対に出たのは妻の律だった。

「生憎《あいにく》、主人は留守にしています」

「どちらに」

「社葬の準備で葬儀会社に出向いています。喪主ですから」

　律はドアを開けた時からマスク姿だった。

「他の人よりはマスクを着け慣れているからでしょうね。これでも歯科医の端くれですから」

「ご主人が会社役員で、奥さんが歯科医ですか」

　古手川が羨《うらや》ましいと言いかけた瞬間、律は自嘲《じちょう》するように首を傾けた。

「って言っても現在は開店休業状態なんです。歯医者なんて一番感染の恐れがある仕事だとかで、患者さんの多くが診察をキャンセルしました。それに最近は虫歯になる子どもがめっきり少なくなったので」

虫歯予防の意識の高まりとともに歯科医院が減少しているというのは何かで読んだ記憶がある。ここにも一見羨ましく見える生活の実状が横たわっている。

「それでもご主人の稼ぎがあれば充分じゃありませんか」

横から鈴村が不用意に発言する。まだ若く、聴取相手を挑発する手管《てくだ》を覚えたばかりなのだろう。自分にもこういう時期があったのだと思うと、懐《なつ》かしいやら恥ずかしいやらで冷や汗を掻きそうだった。

「この家、まだローン返済中なんですよ」

律は挑発をさらりと躱《かわ》す。

「〈KAYABA　TOWN〉の王様は一人だけ。あとは役員も従業員も、全員が家来ですよ」

少し調べて判明したが、啓一郎と二人の兄の格差は住まいだけではなかった。役員報酬だけ比べても何十倍もの開きがあり、年収となれば雲泥《うんでい》の差だ。二人がお飾りの役員であるのを待遇によって明確にしているとしか思えない。

質問役を鈴村から引き継ぐ。

「啓一郎氏が未承認のワクチンを入手していたことをご存じでしたか」

「ええ」

「霊安室の前では、ひと言も仰《おつしや》いませんでしたよね」

「怪しげなワクチンの効能を信じていたのは啓一郎さんだけじゃなかったんですかね。本人から自分で打ったことを告げられても、主人はくだらないことをするものだと批判的でした。一本一千万円、セットで六千万円。そんなものにカネを使うくらいなら、他に使い道があるだろうにって」

同じ兄弟でも収入の格差が大きいとカネに対する考え方も違ってくるのか、それとも生来から違っていたのか。なかなかに興味深い問題だと思った。

「主人に話をお聞きになりたいのでしたら、伝言してスケジュールを調整させましょうか」

「ありがたいですね。できれば早急にお会いしたいです」

「それは会社の都合次第ですね。次の代表取締役社長を決めるための役員会議が続くでしょうし、決まれば決まったで臨時の株主総会を開かなくてはいけないそうです」

見る間に鈴村の顔つきが消沈していく。若くても、役員会議の最中に踏み込むほどの度胸は持ち合わせていないようだ。

もっとも真琴によれば、それは度胸ではなく無軌道《むきどう》と言うらしい。


萱場憲太の自宅は郊外にあった。こちらは慎太郎宅よりも更に庶民的な二階建て住宅で、失礼ながら会社役員には不釣り合いな感さえあった。

ドアの隙間《すきま》から顔を覗かせたのは妻の沙耶だった。

「あら、刑事さん」

沙耶はマスクを最初着けていなかったが、さほど来訪者を気にする素振《そぶ》りは見せない。古手川たちを目の前にしても警戒心はおくびにも出さない。

憲太が在宅か確認すると、やはり留守にしていると言う。

「慎太郎氏は社葬の準備で手が離せないようですが、憲太さんもですか」

「ウチのは臨時株主総会の準備に集中しているみたいです」

どこか他人事《ひとごと》のような物言いに、おやと思った。

「社葬は慎太郎さん任せ、自分は総会屋対策だとか言って張り切っているんです」

「令和の世にもいるんですか、総会屋というのは」

「まさか総会屋ですとは名乗らないでしょうけどね。旦那《だんな》によると社長が急逝するようなケースだと、どこからともなく現れるんですって。どっかの宗教みたい」

沙耶は屈託なく笑ってみせる。身内に死者が出たばかりで不謹慎の誹《そし》りを免れないが、不思議と沙耶の物言いには不快な感じがしない。

「それで奥さんは留守番ですか」

「専業主婦ならそうなんでしょうけど、生憎とわたしは在宅勤務。これでも証券会社勤務なんですよ」

律よりも大変な状況という訳か。

「証券会社なんて一番忙しい職業の一つじゃないですか。在宅勤務でやれるものなんですか」

「最初は不安だったけど、慣れてしまうとこっちの方がいいんじゃないかと思います。上司の監視もないし同僚に気を遣《つか》う必要もないし、自分の仕事に集中できるんですよ。顧客対応は今まで通りリモートでできちゃいますしね。コロナ騒ぎが収まっても元に戻るのは難しいかもしれない」

何にでも善し悪しの二面がある。わざわざ満員電車に揺られて出勤せずとも、在宅で同等以上のパフォーマンスが維持できると判明すれば、この国の勤務形態は一大変革を起こすかもしれない。

もっとも警察官は現場を歩いてなんぼ、犯人を追ってなんぼの世界だから在宅勤務は未来永劫《えいごう》ないだろう。

「珍しく、旦那は連夜の午前様なんです。折角ご足労いただきましたけど、なかなか会えないと思います」

「では折を見て再度お伺《うかが》いします。ご主人とは別に奥さんからもお話を訊きたいですね」

「わたしが答えられることでしたら構いません」

「啓一郎氏が未承認のワクチンを入手していたことについてです」

「ああ、あれ。啓一郎さん本人はともかく、わたしたちはちょっと引いてましたね。いくら持病があるからって、素性の怪しいワクチン一本に一千万円も出すなんてセレブの道楽にしか思えなくて」

「ご本人はコロナ禍の中で生き残るのに必死だったと聞きます」

「実質、〈ＫＡＹＡＢＡ　ＴＯＷＮ〉は啓一郎さんあっての会社ですからね。あの人がカリスマなのは身内も認めている事実です」

「あなたはずいぶんさばさばしているんですね」

「きっと現実的なんだと思います。萱場の一族の中では」

「結構、辛辣《しんらつ》なんですね」

「証券会社に長年いると、観念的な話はあまり信じなくなるのかもしれません」

「事と次第によっては、ご主人が〈ＫＡＹＡＢＡ　ＴＯＷＮ〉の次期社長になる可能性もあると思いますが」

「あー、それはない。絶対にない」

沙耶はふざけるなと言わんばかりに片手をひらひらと振る。

「ウチのは人の上に立つような器量は持ち合わせていません。アレが代表取締役社長になったら〈ＫＡＹＡＢＡ　ＴＯＷＮ〉も長くは保《も》たないですよ。まあ、慎太郎さんと二人三脚でやっていくのなら話は別ですけど」

辛辣だと思ったが、それ以前に冷静で洞察力があるのだろう。古手川が萱場の一族を知って間もないが、確かに兄弟二人の共同経営なら〈ＫＡＹＡＢＡ　ＴＯＷＮ〉が存続する目も出てくるのかもしれない。

「会社が景気いいのは、もちろん啓一郎さんの才覚があったからだけど、もう一つは時流に乗ったという要因が大きいんです。コロナ禍になって外出する機会が失われれば、ますます通販のビジネスチャンスが見込まれますから。創業者の才覚と時流で急成長した会社って案外脆《もろ》いんですよ」

証券会社勤めならではの見方だと感心したが、さすがに頷《うなず》く訳にもいかない。

「啓一郎さんは自覚していたんでしょうね。だから自分が流行り病なんかで死ぬことがないように必死だったんだと思います。未承認のワクチンなんて現実的じゃないけど、使命感に取りつかれていたとしても不思議じゃありません」

「取りつかれて、ですか」

「啓一郎さんのようなタイプの経営者には、割と夢見がちな人が少なくないように思います。経営者のロマンチストな部分が業績を引き上げたという側面もありますからね。啓一郎さんのお仲間にもそういう人が多いんじゃないかしら」

　ふと引っ掛かりを覚えた。

「お仲間というと、同じ業界内の知り合いということでしょうか」

「同じ業界とは限りません。ほら、ひと頃ヒルズ族という言葉が流行ったじゃないですか。そういうグループは別に六本木《ろっぽんぎ》界隈《かいわい》の狭い範囲だけじゃなく、もっと広範に存在していますよ」

「つまりセレブな経営者同士のグループですか」

「旦那からの伝え聞きですけど、啓一郎さんは身内よりはそういうグループ内での交流を大事にしていたみたいです」

　思わず鈴村と顔を見合わせる。

「そのお仲間も未承認のワクチンを入手したという可能性はありますか」

「話を聞いたことはないですけど、可能性はあるでしょうね。一本一千万円のワクチンを気軽に購入できる人なんて限られていますから」

「お仲間の名前、分かりますか」

「残念ながらわたしは知りません。彼らとお付き合いしていたのは啓一郎さんだけだったから、ウチの旦那も知りませんでした。おそらくですけど慎太郎さんもご存じないと思いますよ。兄弟でも交友関係は完全に別でしたから」

礼を告げて憲太の家から離れても、嫌な予感は付き纏《まと》っていた。

「古手川さん」

鈴村は興奮を隠しきれない様子だった。

「今の証言は」

「うん、いっそ忘れてしまいたいような証言だった」

「萱場啓一郎と同じ立場の経営者だったら、未承認のワクチンに飛びついていても不思議じゃないですよね」

その場合、啓一郎と同様、腹に砒素を溜め込んだ人間が他にも存在している可能性が出てくる。

「萱場啓一郎から未承認のワクチンを勧められるか、逆にお仲間から勧められたという見方もできる。いずれにしても胸糞《むなくそ》の悪い話になりそうだな」

「でも現時点では憶測《おくそく》に過ぎない訳ですし」

鈴村は自分に言い聞かせるように話す。やはり若さは否めない。こうした事件のお約束を知らないのだ。

「鈴村さん、俺の拙《つたな》い経験を聞いてくれないか」

「何でしょう」

「嫌な予感ほど的中するものなんだよ」

2

古手川が未承認のワクチンが啓一郎以外の手にも渡っている可能性に言及すると、眠ったように目蓋《まぶた》を閉じていた渡瀬は片目だけを開けた。

「今更、何を言っている」

「え」

「萱場啓一郎以外が食いついた可能性は当初から織り込み済みだ。何のためにスマホやパソコンを押収したと思っている。偽ワクチンの入手経路だけでなく、啓一郎の交友関係を端末の履歴から洗い出すためだ。今の段階じゃ憶測に過ぎんが、実際に頒布《はんぷ》されているとしたら事件が起きたのが遅いくらいだ」

「鑑識の作業は進んでいるんですか」

「オンライン通販で巨万の富を築いただけのことはある。何重にもセキュリティが掛かっていて、解除するには数日を要するそうだ」

「他の押収物はどうでしたか」

「使用済みの注射器とアンプルからは微量の砒素が検出された。光崎先生の見立てが立証されたかたちだ」

「いっそ、偽ワクチンの正体が砒素だって公表したらどうですか。そうすれば、買ったヤツらも名乗り出るに決まっている」

「そう思うか」

渡瀬はこちらをじろりと睨《にら》みつける。古手川は慣れてしまったが、初対面の者なら殴《なぐ》られると勘違いして飛び退《の》くこと請け合いだ。

「世の中にはな、自分以外の人間が全員馬鹿に見えるヤツがいるんだ。警察やマスコミも見下して自分が世界の王様になったつもりでいやがる。そんな唐変木《とうへんぼく》が『カネに飽かせて未承認のワクチンを皆さんより先に打っちゃいました』と素直に名乗り出ると思うか」

「自分の命がかかってるんですよ。そりゃあ名乗り出るでしょう」

「名乗り出るヤツもいるだろうが、そうでないヤツもいる。手前《てめ》ェの命よりプライドの方が大事だっていう迷惑な連中だ」

渡瀬の苛《いら》立《だ》ちは古手川にも理解できる。緊急事態宣言の発出は捜査にも大きな影響を及ぼしている。県を跨《また》いだ捜査には今まで以上に制限がかかり、許可が出たところで県外からやってきた捜査員は誰からも敬遠された。

今回の事件を単純化すれば、セレブがカネの力で身の安全をフライングしたかたちだ。被害者の啓一郎を批判する声も出るだろうし、その声が他のセレブたちに向けられる惧《おそ》れも充分にある。多くが疑心暗鬼に陥《おちい》っているから、捜査に非協力的な輩《やから》が大量発生するのは目に見えている。

「一応、本部長が今日の記者会見で萱場啓一郎の死因が砒素中毒であることと、本人が偽ワクチンに手を出したらしいことを公表する予定だ」

「手を出した件は『らしい』という表現ですか」

「ワクチンとして購入した記録があるとかの裏が取れていない限り、断言できるか。本人が緩《ゆる》やかな自殺を図ったという可能性もゼロじゃないんだ」

「啓一郎氏が自殺する理由なんてないじゃないですか」

「ニュース見ていないのか。明確な理由もないのに自死した芸能人が何人いると思っている」

「あ」

「分かったらしいな。緊急事態宣言ってのは軽めの戒厳令《かいげんれい》みたいなものだ。去年までとは何もかも勝手が違う。密閉された空間の中では内圧が上昇しやすい状態になる。普通なら自殺の理由にならないようなちっぽけな悩みが楽々と本人を死地に誘《いざな》う。萱場啓一郎がコロナ禍を悲観して自殺を選んだという解釈は決して突飛《とっぴ》じゃないんだ」

「自殺の線でも動けってことですね」

「そのための鑑《かん》取《ど》りだろう。訊き込みで有益な情報はあったのか」

古手川が一部始終を報告すると、渡瀬は不機嫌そうに嘆息する。

「要するに末っ子の商売にぶら下がっている穀潰《ごくつぶ》しの兄貴たちか。聞く限りじゃ女房連中の方がよっぽど自立している」

　相変わらず口が悪いが間違ってはいない。

「いつ家に帰ってくるかも分からない穀潰したちを待ち続けるのも時間の無駄だ。お前は萱場啓一郎のお仲間捜しに入れ」

「スマホやパソコンの中身はまだ解析途中なんですよね」

「萱場啓一郎はTwitterやらインスタグラムを積極的に更新していた。リツイートやDM《ダイレクトメッセージ》で絡んできた有象無象《うぞうむぞう》がいるだろう。そいつらを片っ端《かたぱし》から当たれ。セレブという括《くく》りで調べれば数も限られるはずだ」

「了解」

　まずは啓一郎の投稿履歴を洗う。地道な対象の取捨選択は他の誰かに任せて、自分は判明した該当者に直接会うとしよう。

「班長、まだ一つだけ引っ掛かるんですが」

「何だ」

「本当に、命惜《お》しさに未承認ワクチンに手を出したようなヤツが、この期《ご》に及んでプライドに固執するもんですかね。セレブに知り合いのいない俺にはよく分かりません」

「さっきも言ったが、恥知らずほどプライドだけは高い。そもそも承認されてもいないワクチンに手を出すなんざ、馬鹿以外の何者でもない」

「それはそうですけど」

「そういう手合いには、古来よりぴったりな諺《ことわざ》がある。憶《おぼ》えておけ。『馬鹿につける薬はない』だ」

類は友を呼ぶという諺もまた有益で、啓一郎の投稿したTwitterやインスタグラムには、沙耶が指摘したようなセレブたちがずらりと名を連《つら》ねていた。〈KAYABA　TOWN〉と同様のオンライン通販で成功した会社経営者、オンラインサロンで会員を食いものにしているエセ文化人、日本屈指のチャンネル登録者数を誇るYouTuberなど総勢二十名が対象者リストに挙がった。

古手川は彼ら一人一人に面会を試みたが、都合よく全員と会えたわけではない。多忙な連中であり、見ず知らずの警察官と顔を合わせるのを嫌ってか文書で回答してくる者も少なくなかった。新型コロナウイルス感染症の影響はここにも及んでいた。

運よく会えた対象者も偽ワクチンについては知らぬ存ぜぬを繰り返すばかりだった。逆に、そんなものがあるなら即座に購入するのにと悔しがる者さえいた。

今日も古手川は鈴村とともに対象者の一人を訪ねる。〈KAYABA　TOWN〉のライバルと目《もく》される〈ニージマ〉の新島《にいじま》代表が、その対象者だった。

「萱場くんは残念でした」

啓一郎と同年代の新島は、彼とは同業者以上の交流があったと言う。

「感染症が拡大する前は、よく二人で呑《の》み歩いたものです。と言っても彼は禁酒していたので喋《しゃべ》る一方でしたけどね。まあ、いい酒でしたよ」

啓一郎は以前に心筋梗塞を患っている。酒量を控えようとするのは当然だろう。

「萱場氏が未承認のワクチンを入手したという話は聞いていましたか」

「聞いてないですなあ」

新島は大袈裟《おおげさ》に頭を振る。テレビやネットにも露出している著名人だが、芝居っ気《け》たっぷりの振る舞いが一部で人気を博しているのだ。本人にしてみれば印象深くするための演技だったのかもしれないが、続けているうちに習《なら》い性《しょう》になるのは仕方のないところだ。

「持病があるので定期的に検査を受けているとは聞いていましたが、まさかワクチンの伝手《つて》があったとは。萱場くんも水臭い。俺にだけは教えてくれてもよさそうなものなのに」

振る舞いが大袈裟なので、発言が本意なのか冗談なのか咄嗟《とっさ》に判別できない。古手川は普段に似合わず、言葉を慎重に選ぶことにした。

「新島さんは萱場氏の交友関係を把握されていますか」

「彼の交友関係はとにかく広いですよー。スポーツ選手のタニマチみたいなこともしてたし、色んなタレントさんと浮名を流していたから、その流れで芸能人の知り合いもいたし。一度スマホの住所録を見たけど凄まじい登録数だった」

啓一郎の社交好きは有名だったから、取り立てて驚くような話ではない。問題は一本一千万円のワクチンを勧め合うような関係の相手かどうかだ。

「知りたいのは一千万円単位で健康の話ができそうな相手です」

質問の意図を汲《く》み取ったらしく、新島は意味ありげに笑った。

「そういう意味なら、話し相手は俺くらいのものだと思いますよ。女性やタレントさん相手に健康の話をするのはダサいと言ってましたからね。割とエエカッコしいだったんですよ、彼」

「一本一千万円のワクチンなんて、芸能人だって躊躇《ちゆうちよ》しますよ」

「結局は自分の命をいくらで見積もっているかでしょうね。営業利益が百億もあれば一千万円なんて鼻くそみたいなものです。現に彼、定期的にカネ配りしていたでしょ。あれなんて百万円×百人ですからね」

「周りから妬《ねた》まれたりしたでしょうね」

「そんなの有名税です」

聞いていると次第に胸がむかついてきた。やはりセレブの話にはついていけない。

「こういう言い方は反感を買うかもしれませんが、命の値段には格差があるんですよ」

不意に新島は声を低くした。

「正直、俺たちは今回の感染症が憎たらしくてならない。だってコロナウイルスは年収何十億の人間にも年収百万円の人間にも等しく感染する訳じゃないですか。悪平等の極みですよ」

そろそろ我慢の限界なのか、隣に座っていた鈴村が何事かを口にしようとしていた。彼を同席させてよかったとつくづく思う。鈴村がいなければ、自分が態度を変えるところだった。

「捜査へのご協力、感謝します」

古手川は軽く一礼すると、鈴村を従えてさっさと応接室から退出した。

次に向かったのはかつて啓一郎と浮名を流したタレントの一人、城川《しろかわ》未来《みく》の事務所だった。啓一郎の訃報《ふほう》が流れて間もないこともあり、マネージャー同席の聴取となった。

「未承認のワクチンに手を出すなんて、あの人らしいと思いました」

開口一番、未来はそう言った。

「わたしの前では細マッチョを見せびらかしてたんですよ。ジムに通っているからって。でも筋肉自慢をする人って、大抵自分の肉体にコンプレックスを持っているんです。そういうの丸分かりだから、自慢話を聞かされても居たたまれなかったですねえ」

「萱場氏はあなたとお付き合いされていた頃から健康に対する不安があったんですね」

「昔、心筋梗塞を患ったのは知ってましたから意外でも何でもなかったんですけど、あの人それを無理に隠そうとするんです。〈KAYABA　TOWN〉の社長としては、他人に弱みを見せたくなかったんでしょうね。だから未承認のワクチンなんかに手を出したんです」

「見栄《みえ》っ張《ぱ》りということですか」

「と言うよりは責任感が人一倍あったんだと思います。〈KAYABA　TOWN〉は自分の子どもみたいなものだから、護《まも》れるのは自分だけだって何度も言ってましたもの」

一度は懇《ねんご》ろになった仲だから交友関係についても詳しいだろうと期待していたが、これは外れだった。

「広く浅くというのが、あの人の付き合い方だったんですよ。楽しい話はするけど切羽《せっぱ》詰まった話や深刻な相談はしない。それは相手が男でも女でも一緒。だから女性関係も取っ替え引っ替えで誰とも長続きしない。わたしの時もそうでした」

「萱場氏から未承認のワクチンを勧められたことはありますか」

「まさか。あの人と別れたのは二年前ですよ。電話番号はとっくに削除してるし、会う必要もないし」

ここにもさばさばした女性がいた。不思議なのは、啓一郎に好意を抱《いだ》いている者はいても、悪く言う者が現状一人もいないことだった。

「それはそうですよ。深く付き合えば相手の短所や醜《みにく》い部分が見えてくるものだけど、そこまで至らないんだから。結局、彼が他人と付き合うのは〈KAYABA　TOWN〉社長としての体裁を整えるだけの目的なんです。何と言っても会社が自分の子どもなんだから、それ以外は体裁だけで充分なんですよ」

啓一郎が独身を貫《つらぬ》いてきた理由が分かったような気がした。そう考えると、押し掛け同然で萱場宅に居ついてしまった瑠璃子は、やはり特別な存在だったに違いない。感心するほど図々《ずうずう》しい瑠璃子と、三年も同居しながら遂《つい》に入籍させなかった啓一郎のどちらに軍配を上げるべきなのか。

「美山瑠璃子さんのことはニュースで見聞きしています。あの啓一郎さんと三年も続いたというのは、ちょっと驚きです。コロナが落ち着いたら、是非一度お会いしたいものですね」

横からマネージャーが彼女の袖を引っ張るのが見えた。長居をしても収穫がないことを悟り、古手川たちは事務所を後にした。

一方、県警本部長による萱場事件の会見は各方面に波風を立てた。萱場啓一郎のフォロワーたちは非難する者と擁護《ようご》する者に二分し、果ては〈ＫＡＹＡＢＡ　ＴＯＷＮ〉商品の不買運動を煽る輩も現れた。以前から目立ち始めた反ワクチン派の一部は俄《にわか》に活気づき、ワクチンはこれこの通り危険なのだと、鬼の首を取ったように騒いだ。

だがもっとも深刻な迷惑をこうむったのは医療従事者だっただろう。啓一郎が入手したとされるワクチンの真贋《しんがん》は棚上げされ、承認間近のワクチンが既に輸入されているといったデマだけが一人歩きを始めたのだ。

密閉された空間の中では、わずかな爆発でも強烈な破壊力を生み出す。デマに踊らされた市民の一部は最寄りの病院に押しかけ、医師や看護師への直談判《じかだんぱん》に及んだ。

「俺は小さいながらも会社を経営していて五人の従業員を抱えている。今、俺がコロナで死んだら、従業員とその家族たちは路頭に迷うんだ。高くても構わないから、先にワクチンを打ってくれ」

「あの、ワクチンさえ打っていれば三密《さんみつ》を守らなくてもいいんですよね。実は来週、絶対に外せない商談の予定があって」

「来年、受験を控えているんです。合格するまでは病気に罹《かか》ることも許されないんです。ワクチンが高価なら分割してでも必ずお支払いしますから、どうか僕に接種をしてください」

こうした動きはまだまだ散発的だったものの、押しかけられる病院側は堪《たま》ったものではない。困惑した医療機関は捜査本部に苦情をぶつけるより他なかった。

啓一郎の知人・友人たちが口を閉ざしている中、捜査の進捗《しんちょく》状況は決して芳《かんば》しいものと言えなかった。鑑識の解析作業は遅々として進まず、新たな証拠が出ないので捜査本部は鑑取りに人員を割《さ》くしかない。だが先述した通り啓一郎を悪く言う者は外部の野次馬だけで、とてもではないが容疑者の洗い出しにもならない。

慎太郎と憲太には遅れて事情聴取がなされたが、それぞれの妻の証言から一歩も出るものではなかった。

そもそも三人の兄弟は啓一郎が大学を卒業した頃から疎遠になっていた。慎太郎が憲太に続いて無職となった時、啓一郎の方は立ち上げたばかりの〈ＫＡＹＡＢＡ　ＴＯＷＮ〉が上手く軌道に乗った頃だったのだから、兄弟の情というよりはビジネスライクな雇用主と被雇用者という色合いの方が強い。仮に啓一郎に対して邪《よこしま》な気持ちを持つとすれば、二人の兄以外には考え難《にく》い状況だった。ただし社内でも社外でも、二人の兄が啓一郎と揉めている場面を目撃した者は皆無だ。城川未来の言葉ではないが、兄弟の間ですら浅い繋がりだったので愛憎も生じなかったのかもしれない。

捜査が暗礁《あんしょう》に乗り上げると、啓一郎自殺説が頭を擡《もた》げてきた。未承認ワクチンを購入したと言っているのは啓一郎本人だけだ。最初からワクチンの購入事実などなく、どこからか入手した砒素で緩やかな自殺を図ったという意見が、日増しに存在感を強めてきた。

第二の事件が起きたのは、ちょうどそんな時だった。

3

「はーい！　始まりましたよ、始まりました〈サッシーちゃんねる〉。今日はですね、緊急事態宣言が発出されて絶賛閑古鳥《かんこどり》爆鳴き中の新宿歌舞伎町《しんじゅくかぶきちょう》にやってまいりました。時刻は現在午後五時四十分。前に来たのは去年のクリスマスだったかなあ。あん時はゲイカップルと酔っ払いと黒服と呼び込みと立ちんぼでごった返していた街が今はほら、こーんなの」

　サッシーこと笹森茂留《ささもりしげる》はスマートフォンのカメラを通りに向ける。大半の店がネオン看板どころか店内照明まで消しているので、さながらゴーストタウンの雰囲気すら漂っている。

「まるでシーズンを過ぎた海水浴場。飲食とフーゾクで成り立っているような街だからねー、濃厚接触が不可なご時世じゃ閑古鳥が鳴くのもしょうがないよね。でっ、本日のメニューは無人化した歌舞伎町で頑張っている飲食店にノーマスクで突入して、大いに冷やかしてやろうというデンジャラスな企画でっす」

　笹森は再びレンズを自分に向け、これ見よがしにマスクを取る。新型コロナウイルス感染症が爆発的に拡大している現在、街中でマスクを剝《は》ぎ取る行為が傍目《はため》にどう映るか計算し尽くした上での演出だった。もっとも、これだけ人出が絶えていれば、感染する惧れも少ないだろう。

「リモートワークで出勤できないリーマンの皆さん、休講続きでコモラーになった学生諸君、今の新宿歌舞伎町はこんなんですっていうレポートです。面白かったら是非チャンネル登録、高評価、そして下にコメント書いてください。それではいってみよー」

　まるで戒厳令のようなご時世でも、緊急事態宣言何するものぞと営業を続けている飲食店も点在する。笹森はノーマスクのまま入店し、店員店主に鬱陶しがられながらレポートを続ける。

「どうです、マスター。お客さんの入りは」

「この店、食べログで見た時から一度は来たかったんですけど連日満員だったっしょ。こんなガラガラの日でないと落ち着けなくて」

「あのさ、店員さん。お客さんって俺一人じゃない。だったらこのアクリル板、必要ないから取っ払っちゃってよ」

「あー、やっぱりこの揚《あ》げ餃子《ギョーザ》最高っス。でも俺が満腹になったところで、店の売り上げ的には雀《すずめ》の涙みたいなものっしょ。出していて虚《むな》しくならないっスか」

　行く先々で嫌味や皮肉を連発する。最初は愛想《あいそ》笑いで対応していた店側も、やがて堪忍袋《かんにんぶくろ》の緒《お》を切らして退店を促してくる。

「食べ終わったら、ちゃっちゃと帰ってくんねえか」

「お客様、追加のご注文等ございませんでしょうか」

「ねえ、お兄さん、あなた例のYouTuberでしょう。せめて食べてない時はマスクを着用していただけませんか。一応、都の取り決めなので」

「おい、兄ちゃん。いい加減うるせえんだよ。お代は結構だから、もう帰ってくれねえか」

　高い確率で最後は追い出されるようにして退店する羽目《はめ》になる。だが、こういう仕打ちをされた方が絵的においしいのは明らかだ。笹森は胸の中で舌なめずりをする。この構成であれば、また再生回数を稼げるだろう。

コロナの世になってから人は外出や他人との接触を避けるようになり、ますますネットへの依存度が高くなった。お蔭で旅行会社や旅館・ホテル業や飲食業など多くの業種が壊滅的な打撃を被《こうむ》る中、YouTubeは全体でわずかに右肩上がりの収益を上げている。コロナウイルスのせいで退職を余儀なくされた者たちがYouTuberに転身しようとしているのは至極自然な流れだろう。

いつの時代にも寵児《ちょうじ》と持て囃《はや》される存在があり、その一人が自分なのだと笹森は自負している。

笹森がYouTuber〈サッシー〉としてYouTubeチャンネルを開設してから、もう十年になろうとしている。当初はネットの素人《しろうと》芸人のような扱いを受けていたYouTuberも、今では小学生の憧れる職業にランク入りを果たしている。まさしくネット時代の花形職業であり、我も我もと一攫千金《いっかくせんきん》を夢見て参入してくるのも当然と言えよう。

そもそもYouTubeは素人も気軽に参入できる商売だ。初期投資と言えばスマートフォン一台で事足りる。コストはかからず維持費用も不要、企画内容によっては経費すらかからない。これで再生回数を稼げればノーリスクハイリターンが望める。言わば濡《ぬ》れ手に粟《あわ》だ。

どんな素人であっても、どんな凡庸《ぼんよう》な者であっても参入者が増えれば裾野《すその》は広がる。裾野が広がれば、再生回数を稼げる人材も出てくる。才能はカネのあるところに集まるようにできている。

もっとも笹森のように年間に億を稼げるYouTuberは数えるほどしかいない。参入者の大半が素人ということは、よほどの才能の持ち主でない限り、パイオニアが上位を占めるという意味だ。

開設当初は笹森も七転八倒《しちてんばっとう》の連続だった。名門大学を卒業したものの、野心に燃えて入社したのはとんだブラック企業だった。二年ほど働くと精も根も尽き果て、絞《しぼ》りきった雑巾《ぞうきん》のような精神状態で退職願を書いた。再就職の口を探してみたが、ブラック企業と思《おぼ》しき会社以外はどこも低賃金か、もしくは自分の才能を活《い》かせるような職場とは思えなかった。

やがて家賃を滞納し始め、ガスと電気も止められた。三食は米とモヤシ炒《いた》めが定番となった。体重はサラリーマン時代から十五キロほど落ちた。

一念発起《いちねんほっき》してYouTubeチャンネルを開設した。才能があるなしの問題ではなく、初期費用ゼロという条件が経済状況と合致しただけの話だ。

どんな企画を立てて動画を上げても再生回数は四桁《けた》止まり、チャンネル登録数は三桁止まり、月収は十万にも満たなかった。それでも同業者が日増しに多くなり、遂にはYouTuber専門の芸能事務所まで設立された。就業人口が一定数以上になれば市場が誕生する。誕生した市場では先駆者が有利になるのは言うまでもない。

かくしてYouTuberの人口は増えに増えたが、依然として一億円プレーヤーのほとんどは笹森のような初期メンバーで占められている。割合で言えば全体の五パーセント未満といったところだが、これはどこの業界も似たようなものだろう。

「はいっ、現在時刻は午後九時五分。日付が変わるまではまだまだあるけど見てください、新宿歌舞伎町は全滅です。どこの店も閉まってしまいました」

　画面に映っているのは全ての店舗の明かりという明かりが消え、街灯だけが虚しく照らし出す歓楽街だ。

「外出できないのは、他人と触れ合えないのはあんただけじゃないんです。せめてこの動画を見て憂《う》さを晴らしてくれたらサッシーは嬉《うれ》しいなあ、と。では、また次の動画でお会いしましょう。バイバイッ」

　本日の撮影はこれにて終了だ。後は自宅に戻って編集作業、最終チェックを経てネットに上げるだけだ。

　帰路に就《つ》いた途端、どっと疲れが上半身に伸《の》し掛かってきた。身体もそうだが、精神は更に疲弊《ひへい》したようだ。

　開店していた店で悪態を吐《つ》いたのは、そうした店に対する世間の反感が少なくないためだ。時短営業や休業要請に従っている業者がほとんどである中、開店している事業者にルール違反のレッテルを貼りたがる者が一定数存在する。鬱屈《うっくつ》した人間は悪意が大好物だ。他人の悪意に便乗するも良し、正義の味方面《づら》して指弾するも良し、いずれにしてもそういう連中は〈サッシーちゃんねる〉の、いい視聴者になってくれる。動画の最後でいい話っぽく締めたのは、視聴した者の罪悪感を緩和させるためだ。長い間、投稿した動画のコメントを眺めていると、視聴者の心理も大方読めてくる。動画で露悪的な言動を繰り返すのは、犯罪行為に抵触しない限り視聴者の要望に従うという方針だからだ。

ただ、笹森自身には人並みの良識があり、おまけに小心者だ。先刻、店内で悪態を吐く際は己《おのれ》の良心を押し殺して撮影していた。撮影を終えた途端に疲れが出たのは、間違いなく精神的に負荷がかかっていたからだ。

本人たちに直接尋ねた訳ではないが、世の顰蹙《ひんしゅく》を買っている迷惑系YouTuberも自分と似たようなものではないかと思う。他人に迷惑をかけ、良心と外聞を売ってカネを稼ぐ。要するにヤクザと同じだが、人並み以上の生活を望む代償なら仕方がない。

笹森は自宅マンションに戻ると、編集室に閉じ籠《こも》る。モニターを前に素材の不要な部分をカットし、効果音とテロップを重ねる。十分の動画を仕上げるのに約五時間を費《つい》やす。長時間同じ姿勢でモニターを凝視《ぎょうし》し続けるので、当然ながら眼精疲労を起こし、腰痛にもなる。エナジードリンクで眠気を誤魔化《ごまか》しながら最終チェックを終える頃には、そろそろ夜が白《しら》み始めていた。

完成した動画は午前九時になれば自動的に公開される設定にしている。ただし自動アップロードでは収益化オフの状態で投稿されるため、アップロードした後はYouTubeの画面で「収益化」をオンにしなければならない。以前、その作業を怠ったためにほとんどタダ働きになったことがある。

スイッチを切って黒い画面になったモニターを眺めていると、思わず溜息《ためいき》が出た。

四年前から動画の更新を週一回から週二回に増やした。二年前からは週三回だ。単純計算で以前の三倍働いていることになるが、収入は横這《よこば》いか下手《へた》をすれば下降気味になっている。

明らかに動画一本当たりの収益が下がってきているのだ。

YouTuberの主な収益源は、動画再生中やその前後に流れるグーグルアドセンス広告だ。広告主はYouTubeに広告掲載料を支払い、YouTubeはその一部を報酬として投稿者に渡す仕組みになっている。ところが昨今、広告の出稿量が激減している。

まずYouTube以外にもTikTokなど動画共有のサービスが増え、広告主に選択の幅が広がった。

次に、YouTubeでは再生回数を稼ぐために際どい内容の動画を投稿する者が多くなってきた。企業側にしてみればイメージダウンに繋がることは回避したいから自《おの》ずと広告を控えるようになる。

三番目には、やはりこのコロナ禍で企業の体力が低下した点が挙げられる。

全体の出稿量が落ちた市場にも拘わらず新規参入する者が激増すれば、動画一本当たりの収益が下がるのは至極当然だ。従前と同じ収益を保持するには動画の本数を増やさなければならない。動画の総数が増えれば、一本当たりの収益は更に下がっていく。悪循環の見本のようなものではないか。

自分はいつまでYouTuberを続けていけるのか。収益がどこまで減少すれば引退を考えなければならないのか。自問自答していると、鬱になりそうなので慌てて中断する。

弱気になっているのは疲れているからに相違ない。

床に就く前に小便だけ済ませておこう。そう思って立ち上がった瞬間、不意に胃の中身がせり上がってきた。

吐く。

駆け足でトイレに向かい、便器に顔を突っ込む。

喉の痛みに耐えて内容物を一気に吐き出すと、ほんの少しだけ人心地《ひとごこち》がついた。

腹を擦《さす》りながらトイレを出て、胃の中に入れたものを思い出してみる。歌舞伎町の取材中に食べたのは揚げ餃子にホルモン焼き、そして家系ラーメン。飲んだのはビールと酎《ちゅう》ハイを一杯ずつだった。

疲れている時には消化力も低下する。このところ続いている睡眠不足のせいで体調を崩してしまったのだろう。

今日は丸々一日休んだ方がいいかもしれない。笹森は重い身体を引き摺《ず》るようにして、ようやくベッドに辿り着く。これから見るであろう夢が悪夢であっても構うものか。

ところが床に入って数分も経《た》たぬうちに、今度は腹が痛み出した。先の嘔吐の余燼《よじん》かと思ったが、我慢しているといよいよ激痛に変わってきた。

もう無理だ。

布団《ふとん》を跳ね除《の》け、再びトイレに駆け込もうとした時にはもう遅かった。

この上なく惨《みじ》めな気持ちで汚れた下着を処分していると、またもや腹の辺りを鈍重な痛みが襲ってきた。

嘔吐と下痢《げり》で体力を削られ、覚束《おぼつか》ない足取りでトイレに向かう。粗相はしなかったものの二度目の排泄《はいせつ》は更に体力を削った。立ち上がろうとした時には、軽い眩暈《めまい》さえ覚えた。

いったい、どうしたというのだろうか。今までにも疲労を感じたことは度々《たびたび》あるが、ここまで体調を崩した経験はなかった。

やはり食べたものにあたったのか。

ここ二、三日の行動を思い返す。撮影で虚勢を張るためとはいえ、マスクを外したことは数えきれない。手洗いも手の消毒も怠っていた。

ぎょっとしてスマートフォンを摑み、「コロナ　症状」で検索してみる。結果はすぐに表示された。

『嗅覚《きゆうかく》異常・味覚異常、下痢』

おい、勘弁してくれ。

顔から血の気《け》が引いた。まさか自分が感染したというのか。

コロナ禍を機に購入したデジタル体温計で、あたふたと体温を測る。三七・二度。これが成人男性として平熱なのか高熱なのか判然としないが、数値を見た途端に熱っぽくなったような気がする。

だが次の瞬間にようやく思い出した。

何を慌てている。

自分がコロナに罹る訳がないではないか。

何しろ高価なワクチンを打ったばかりなのだから。

ほっとすると今までの体調不良が嘘のように落ち着きを取り戻した。きっと体力が落ちていた時に碌《ろく》でもないものを食したために、特大クラスの食あたりになったに違いない。

そうと決まれば今日一日はおとなしく寝て、彼女に粥《かゆ》でも作ってもらうとしよう。考えてみれば世の中全体がコロナ禍で労働時間を減らしている中、自分は従前通りかそれ以上に働いている。この腹痛はお前もしばらく休めという、神の思《おぼ》し召しではないのか。

まだ腹に重い感じが残っていたが、笹森は替えのパンツを穿《は》いてベッドに潜り込んだ。

4

人気YouTuber〈サッシー〉こと笹森茂留が死体となって発見されたのは四月二十七日、即《すなわ》ち埼玉県警本部長が萱場啓一郎の死が砒素による中毒死であるのを発表した二日後のことだった。

交際相手が笹森と連絡が取れず、苛立ちを募《つの》らせた挙句に浦和区の自宅マンションを訪れ、部屋で死体発見となった次第だ。

第一報を受けて所轄《しょかつ》の捜査員と機動捜査隊が臨場し、少し遅れて検視官の国木田《くにきだ》が到着した。

死体を検分した国木田は賢明にもその場で判断することはせず、県警捜査一課に出動要請をかけてきた。以上の経緯で、古手川が現場に到着したのは死体発見から四時間後のことだった。

古手川が押っ取り刀で駆けつけたのは県庁通りの西、埼玉大学教育学部附属中学校の手前に建つタワーマンションだった。

既視感に襲われる。萱場啓一郎のマンションを訪れたのはほんの数日前だったが、ここもまた似たような佇《たたず》まいの建物だったからだ。しかも今回も前回と同様、現場は最上階らしい。

臨場すると、早速国木田がこちらの姿を認めた。

「早かったな。まあ、県警本部とは目と鼻の先だからな」

「萱場事件との関連があると聞いて飛んできました」

「まだそうと決まった訳ではない。こちらは『可能性が疑われる』と伝えただけだ」

古手川に出動を命じたのは渡瀬だ。あの上司のことだから伝言ミスをするはずもなく、おそらく国木田の言葉から二つの事件の関連性を強く嗅《か》ぎ取ったに違いない。

「でも国木田さんが可能性を疑ったのなら、俺が駆けつけるくらいの価値はありますよ、きっと」

「まず、死体を見るか」

玄関から続く歩行帯を辿り、寝室に入る。笹森の死体はベッドから床に下ろされていた。古手川の目にも死後数日経過しているのが分かる。マスクを二重にしていて正解だった。

「外傷は一切《いっさい》見当たらない。死後硬直の緩解《かんかい》と角膜《かくまく》の白濁具合から死後二日以上は経過しているだろう」

「萱場事件との関連ということは砒素中毒の疑いがあるんですね」

「あくまでも疑いだ。このタワマンに入った時点で、先の事件との共通項に気がついただろう」

「被害者がセレブであること。一見、病死に見えること」

古手川は自信満々に答えたが、国木田は意地悪そうに笑う。

「共通項と言うには大雑把《おおざっぱ》過ぎる。言っておくが、室内からは注射器やアンプルの類《たぐい》は発見されていない」

どうやら検視官の立場で知り得た情報をもったいぶっているようだ。以前から国木田は苦手なタイプだと思っていたが、未《いま》だにその印象は変わらない。

「被害者はベッドに入る前、下痢に襲われていた形跡がある。洗面所のゴミ箱から排泄物塗《まみ》れのパンツが発見された。碌に洗いもせず、ペーパータオルで包んだだけの代物だった」

「被害者は独身でしたね」

「いくら独身でも、もう少しマシな処理の仕方があったと思うが。もっとも、その排泄物から興味深い疑惑が浮かんだので痛し痒《かゆ》しといったところだ」

「便の中に何か交じっていましたか」

「パンツに付着していたのは、米の研ぎ汁様便だった。砒素中毒患者特有の排泄物だ。その上、被害者は盛大に嘔吐もしている」

嘔吐と下痢。二つとも砒素中毒の典型的な症状ではないか。

「これで萱場事件の担当者を呼んだ理由が理解できたと思う。後は君が親しくしている浦和医大法医学教室の出番だ」

言われなくてもと思ったが、もちろん口にも顔にも出さない。

「ついでに言えば、死亡推定時刻は四月二十五日の午前九時より前と思われる」

「法医学的な根拠ですか」

「違う。鑑識が拾ってきた事実だ」

それなら鑑識係に聞いた方が話は早い。古手川はかたちばかりの一礼をした後、鑑識係の一人を捕まえた。

「自動アップロードの時間が二十五日の午前九時に設定されていたからですよ」

その鑑識係によれば、自動アップロードでは収益化オフの状態で投稿されるため、アップロードした後はYouTubeの画面で「収益化」をオンにしなければならない。だが投稿された動画は収益化オフのままだったと言う。動画自体は前日二十四日の午後五時四十分から撮影されているので、笹森はその間に死んだ可能性が高い。種明かしされてみれば単純な話だ。

タイミングで言えば、笹森が死んだと思しき二十五日の午後に県警本部長の記者会見が行われている。もしという話は無意味に過ぎるが、笹森の死がほんの一日でもずれていれば、また別の展開があったかもしれない。

「撮影時刻や設定の状況が判明しているのなら、本人がネットを通じて何を購入していたかも分かるんじゃないですか」

「それがなかなか簡単にはいかないんです」

鑑識係は難しげに首を傾《かし》げる。

「動画編集を生業《なりわい》にしている人間にはありがちなんですが、編集用とプライベート用に複数のパソコンを併用しているんですよ。だから動画編集についてのデータは容易《たやす》く拾えましたが、プライベート用はセキュリティが掛かっています。先の事件と同様、一両日中にとはいきません」

「ですよね」

パソコンの解析やネットの分析は鑑識に頼るしかない。それなら自分は訊き込みに徹すればいい。

死体の第一発見者、藍沢《あいざわ》タツキは警察車両の後部座席で待機してくれていた。後部座席の右側ドアは内側から開けられない仕組みになっているので左側に座ってもらっている。

死体を発見した動揺と、付き合っていた相手の死でひどく落ち着きをなくしている様子だった。

「笹森さんとは、どういうご関係なんですか。あの部屋、オートロックでしたよね」

我ながら不躾《ぶしつけ》な質問だと思ったが、砒素を使用した二件目の事件となれば悠長《ゆうちょう》なことは言っていられない。タツキは抗議するように一瞬眉《まゆ》を顰《ひそ》めただけだった。

「あたしたち前から付き合っていて、合鍵《あいかぎ》をもらってたんです。普段、彼は動画の撮影や編集に忙しいので、電話やＬＩＮＥでのやり取りが多くて。でも二十四日に歌舞伎町の取材をするって教えてくれたきり、丸二日間も連絡が途絶えました。こちらからのＬＩＮＥにも既読がつかないし、最近は本当に忙しそうにしてたし、ひょっとしたら家の中で倒れてるんじゃないかって心配したんです」

それで取る物も取りあえず駆けつけたという次第か。話としては辻褄《つじつま》が合っている。

「彼、有名なYouTuberだったようですね」

「刑事さん、サッシーを知らないんですか」

「生憎《あいにく》、ネット関係には不案内なもので」

「有名かどうかでいったら、テレビに出ているそこらのお笑い芸人よりはずっとずっと知名度がありますよ。と言うか、タレントや芸人さんたちがYouTubeを始めても再生回数が稼げずに自然消滅していく人が多いんです。だからある意味、サッシーみたいなカリスマYouTuberはタレント以上のスターですよ」

タツキの鼻息は荒い。自分がカリスマYouTuberになったかのような口ぶりに聞こえるのは、偏見なのだろうか。

「クリエイターという人は歌手でも作家でもYouTuberでも、みんな骨身を削っているものなんです。だからあたし、サッくんが徹夜続きだったり、緊急事態宣言中の街に飛び込んでいったりするのが心配で心配で。いつか過労かコロナで倒れるんじゃないかと思ってたけど、案の定でした」

「笹森さんの死因について、誰からも説明を受けていませんか」

「警察に通報してからは質問される一方でした。それに、誰もあたしの質問に答えてくれませんでした」

タツキは古手川を正面から見据えた。

「教えてください、刑事さん。サッくんは新型コロナに感染して死んだんですか」

「それを確認してどうするんですか」

「あたし、彼と濃厚接触しましたから。もし彼が新型コロナウイルスに罹って死んだのなら、あたしもすぐにＰＣＲ検査をしないと。もし陽性だったら、今すぐ警察病院に入院とかできますか」

　どこか切羽詰まった雰囲気だったのは、それが理由か。

「ＰＣＲ検査を受けるかどうかはあなたの自由ですが、もう少しお付き合いください。最近、笹森さんの口から、新型コロナウイルスやワクチンについて何か話を聞いたことはありませんか」

「コロナ禍でみんなが引き籠りになってくれたお蔭で、動画の再生回数が上がり出したとは言っていました」

「他にはどうですか。彼自身がＰＣＲ検査を受けたとか、妙なセールスが入ってきたとか」

「迷惑なセールスメールは一切入ってこないよう、全部のパソコンにセキュリティソフトを入れていると聞いています」

　どうにも話が嚙み合わないが、笹森本人が偽ワクチンについて沈黙を守っていたのなら、当然の反応だろう。同じセレブであっても萱場啓一郎とは違い、笹森は秘密主義だったのかもしれない。

「質問を変えます。コロナ禍になってから、仕事面以外で笹森さんに何か変化はありましたか」

　すると今まで素直に答えてくれていたタツキが質問で返してきた。

「サッくんがコロナじゃなかったら、どうしてこんなに沢山《たくさん》のお巡りさんが部屋に押し掛けているんですか。病死した人の関係者にするような質問じゃないですよね、それって」

どうやらそれなりに頭が働くらしい。萱場の事件は報道され、県警本部長が偽ワクチンの可能性について会見まで行っている。タツキに事情を説明しても情報漏洩《ろうえい》には当たらないだろうと判断した。

「〈KAYABA　TOWN〉代表取締役社長の萱場啓一郎氏が亡くなったニュースはご存じですよね」

それだけで何事か察したらしく、タツキは瞬時に顔色を変えた。

「サッくんが偽ワクチンを買っていたっていうんですか」

「あくまでも可能性の一つで確証のある話じゃありません。ただ、原因不明の突然死である以上、疑いは払拭《ふっしょく》しきれません。だから、その可能性を潰すために質問しているんです」

「それならそうと、はっきり言ってくれればいいのに」

はっきり質問したら誘導になりかねない。一方でタツキが笹森に偽ワクチンを渡した当人であった場合、捜査本部の手の内を明かしてしまう惧れもあるから慎重にならざるを得ない。

「笹森さんが病死ではなかった場合、何者かの悪意が作用しているとも考えられます。彼の敵《かたき》を討ちたいと思いませんか」

タツキが意外そうな顔をするので、古手川は当惑する。相手を煽る手管は上司を見て習得したが、だからと言って好みかと問われれば返事に困る。

「あたしの証言で犯人が逮捕できるって言うんですか」

「それは提供してもらえる材料次第ですよ」

「ちょっとだけ待ってください」

タツキは顔を上下左右に振り、懸命に何かを思い出すような素振りを見せる。古手川は、それが巧《たく》みな演技でないことを祈る。

数秒後、タツキの表情が動いた。

「一つだけ妙だな、と思ったことがあります。ご承知の通り、サッくんはYouTuberで撮影以外ではあまり外に出ない生活を続けていました。今は緊急事態宣言が発出されてますけど、首都圏の感染が爆発的に拡大し始めた頃から不要不急の外出は控えるようにしてたんです」

「つい最近まで歌舞伎町に出没していましたよね」

「仕事のためなので必要緊急ですよ。元々サッくんは出不精《でぶしょう》で、生活必需品はネットで購入、食事だってデリバリーがほとんどだったんです」

宅配で生活用品を調達していたのは、部屋の隅《すみ》に片づけられていた空《あ》き箱で容易に推察できた。

「出不精だからファッションセンスも最悪で」

それもアップされた動画を見て同じ印象を持った。一応ブランド品を着込んでいるものの、本人の容姿にそぐわないために悪目立ちしているのだ。

「どっちにしろ目立つならそれでいいって、あたしのアドバイスをガン無視するんです。周囲から浮きまくったファッションも嫌だったけど、たまに外出する時もトートバッグとかポーチとか一切持っていかないんです」

「仕事で外出する時もですか」

「撮影はスマホ一台あれば事足りるし、カード入れや財布や家の鍵とか、全部上着やズボンのポケットに突っ込んじゃうんです。お蔭でポケットがパンパンに膨《ふく》らんでみっともないったらない。でも本人はこの方が便利だって、やっぱりバッグの類は持ちたがらなかったんです」

実はこの証言も裏が取れている。鑑識がクローゼット内を捜索したところブランド品のバッグが一個だけ、それも盛大に埃《ほこり》を被っているものが残されていたのだ。

「緊急事態宣言が発出される直前だったんですけど、あたしこの部屋でサッくんと一緒にいたんです。それで彼が着替えた時、胸のポケットから何かが落ちて、あたしが拾ってみると鍵でした。それもコインロッカーの」

「どうしてコインロッカーの鍵だと判別できたんですか」

「全体的に安っぽい作りで、三桁の番号が振られてましたから。誰が見たって分かりますよ。ね、怪しいでしょ」

タツキは返事を迫るように身を乗り出してくる。

「持ち運びに邪魔なものを預けておくくらいしか、コインロッカーなんて使わないでしょ、普通。でもサッくんが大きな買い物をした時はタクシー使うか配達させてたんです。だからコインロッカーを使う意味がホントに分からなくて」

口にはしなかったが、既に古手川は一つの推論を立てていた。

コインロッカーを使用するケースはもう一つある。秘密の取引をする場合だ。予《あらかじ》め品物をコインロッカーに入れておき、入金を確認次第、送金者に鍵を送る。送金者はその鍵でコインロッカーを開け、中の品物を受け取る。これで取引は成立。

ネットでの取引が一般化した現代では古典的とも言える受け渡し方法だ。

だがネットと異なり、証拠が残りにくい。表沙汰《おもてざた》になっては困るものを受け渡す、あるいは一度も相手と顔を合わせたくないのなら、これに勝《まさ》る方法はないのではないか。

導き出される解は一つ。笹森はコインロッカーを介《かい》して偽ワクチンを受け取った疑いがある。

「その鍵の形状と三桁の番号、憶えていますか」

三桁、つまり百を超えるようなロッカーを備えている場所はある程度限定される。対象を絞り込めば取引相手の指紋か防犯カメラの映像くらいは入手できるかもしれない。

だがタツキの顔は曇《くも》る。

「ツマミの部分が青色で、番号は頭が1としか……時間をかければ残りの番号も思い出せるかも」

「時間はたっぷりあります」

古手川は自分の名刺を渡してからタツキを解放する。

「思い出したら、すぐに連絡をください」

＊

内容に悪趣味なものが多いので動画は一度しか観ていないが、人気YouTuber〈サッシー〉は真琴でも知っている。その本人が死体となって解剖台に横たわっているのを見下ろすのは、何とも不思議な感覚だった。

「古手川刑事の話では、彼が二人目の犠牲者である可能性が高いということでしたね」

デジタルカメラの調子を確認しながらキャシーが話し掛けてくる。

「前回といい今回といい、リッチマンばかりですね。お蔭で解剖費用を心配せずに済みます。地獄の沙汰も金次第とはこういう意味だったのですね」

「違うと思います」

「どちらにしても好ましいことです。日本の高齢者は自分の葬式代だけは残しておこうとする風習があると聞きます」

「それはまあ、あながち間違いじゃありませんけど」

「折角そこまで先のことを考えているのなら、自分の解剖費用もキープしておいてもらえればパーフェクトだと思います。真琴はどう考えますか」

「どうせ残すなら子どもや孫にあげたいと考える人が多いんじゃないでしょうか」

「資格も持たない子どもや孫では、まともな解剖ができないではありませんか」

キャシーには死せる者全てが司法解剖に供されなければならないという信念がある。解剖医としては間違った信念と思わないが、全肯定するにはまだ躊躇《ためら》いがある。

改めて笹森の死体を眺めてみる。死亡する寸前、盛大な嘔吐と下痢を繰り返したらしく、腹部は異様に凹《へこ》んでいる。胃の内容物も大部分が排出されているため、消化具合から死亡推定時刻を割り出すのは困難と予想される。

もっとも今回の解剖の眼目は別にある。死因が砒素中毒であることが証明できれば、笹森の死を萱場事件と紐《ひも》づけできる。死因を究明するのが解剖医の役割だが、解剖によって隠蔽《いんぺい》された犯罪を白日《はくじつ》の下《もと》に晒《さら》せるのなら、それもまた効用と言うべきだろう。

準備が整った頃合いを見計らい、光崎が姿を現した。いつもながら小柄な体型であるにも拘わらず、解剖着に包まれた姿は異様なまでの威圧感を放つ。指先が正確に動く医師は数多《あまた》存在する。知見が豊富な医師はそれ以上だろう。しかし光崎ほどの威圧感を持つ医師を、真琴は他に知らない。

光崎は死体を起こし、背中の死斑《しはん》を確認する。見れば死斑の上には黒い斑点状の色素沈着が確認できる。更にその両手には泥遊びをした跡のような皮膚炎が見てとれる。皮膚炎と黒皮症《こくひしょう》、二つとも砒素中毒に見られる典型的な所見だ。

触診はまだ終わらない。光崎は死体の四肢《しし》に手を伸ばし、感触を確かめるように握る。

「では始める。死体は三十代男性。体表面には接触皮膚炎および砒素黒皮症に似た色素沈着が認められる。また手掌《しゅしょう》と足底《そくてい》は角化《かくか》している。いずれも砒素中毒の特徴であるが、先入観は捨てるように。メス」

メスの刃先は死体を軟《やわ》らかなバターのように裂いていく。Y字に胸を開き肋骨《ろっこつ》を切除するのに二十秒とかからない。見慣れない部外者は気づきもしないだろうが、死体の硬さとメスの軽量さを体感している者にとって、このスピードは尋常ではない。

皮膚や筋肉には組織の走っている方向がある。紙と同じだ。この方向に沿って刃を走らせれば抵抗は少ないが、逆らえば途端に切れ味が落ちる。

素早く死体を切開するには、全身の皮膚と筋肉がどう走っているかを熟知していなければならないが、光崎の場合は頭ではなく指先が記憶しているのではないかと思う瞬間がある。真琴がこのレベルに到達するには、いったいあと何年何十年を要するだろうか。

憧憬《しょうけい》と絶望が綯《な》い交《ま》ぜになる。光崎の執刀に立ち会う度に味わう感覚だ。今では慣れてしまったが麻痺している訳でもない。毎度毎度、胸から希望を吐き出すような気分でメスの動きを追っている。

肋骨を切除した光崎の手は胃に直行する。瞬《まばた》きする間に切除し、内部を切り開く。

予想通りだった。

胃腸粘膜は浮腫状で糜爛《びらん》性出血が認められる。これらはともに砒素中毒の症状なのだ。

光崎は軽く頷くと、胃粘膜の一部を切除してステンレス製の膿盆《のうぼん》に置く。すかさず真琴が受け取り、分析に回す。

次に光崎は末梢《まっしょう》血管を照明に翳《かざ》す。真琴のいる位置からも、はっきりと先端《せんたん》紫藍症《しらんしょう》（レイノー現象）が確認できる。これこそ砒素中毒の特異的な所見だった。

しばらく他の部位を探っていた光崎の手が、やがて緩慢な動きになった。

「胃粘膜と同様、毛髪と爪も採取。分析にかける」

砒素の含有量を測定する方法はグットツァイト法やモリブデンブルー法など様々あるが、浦和医大法医学教室ではDDTC-Ag法を採用している。毛髪や爪、臓器を対象とした定量測定に適しているからだ。

「やはり砒素中毒ですか」

「見れば分かる」

「でも分析はするんですよね」

すると光崎の目がぎろりとこちらを睨んできた。

「分析は分析だ。正体ではなく素性を調べる」

そう言い捨てると、閉腹作業に集中し始めた。

何らかの示唆《しさ》だとは見当がつくものの、作業に集中する光崎に声を掛けることができない。

まあいい。この男の言葉は不親切だがいつも端的で的《まと》を射ている。試料を分析すれば自ずと答えが出るだろう。

ともあれ、これで萱場啓一郎と笹森茂留を死に追いやったのがともに砒素であるのは確認できた。後の仕事は古手川の領域だ。

閉腹を終えた光崎が解剖室から退出した後、思いついたようにキャシーが話し掛けてきた。

「ボスは恐ろしいことを予見しましたね」

「え」

「正体ではなく素性を調べる。ボスはそう言いましたが、分析にはもう一つの意味があります」

キャシーの顔はひどく緊張していた。

「分析は比較対照のデータになります」

「それじゃあ」

「ＹＥＳ。ボスは第三第四の砒素中毒死を念頭に置いているのですよ」

三　困惑

1

少数精鋭と言えば聞こえはいいが、浦和医大法医学教室は常に三人体制だ。言い換えれば執刀する者が三人しかいないにも拘《かか》わらず、年間数百体の司法解剖をこなしている。

法医解剖医の資格を取得するには、医師免許取得後、臨床研修を終えてから法医学大学院に進学するのが一般的だ。進学して二、三年後に死体解剖資格を得ることになるのだが、そもそも目指す者がそれほど多くない。加えて浦和医大の場合は光崎の存在がある。この老教授の偏屈《へんくつ》ぶりは大学の内外に知れ渡っており、敬遠する学生が多い。かくして法医学教室は増員の見込みがないまま現在に至る。

従って光崎から命じられた砒素《ひそ》の成分分析も真琴たちが行う羽目《はめ》になる。検液をアンモニア水と塩酸で中和していると、解剖写真を整理していたキャシーが話し掛けてきた。

「まさかこの解剖で砒素の分析を命令されるとは思いませんでした」

不服そうな口調から言わんとしていることは察せられた。思えば萱場啓一郎の死体を解剖する際、キャシーはコロナ罹患者《りかんしゃ》の新たな病変が判明するかもしれないと期待していた。ところが開腹してみれば、死因は新型コロナウイルス感染症ではなく砒素中毒だったのだ。

「本当に期待外れでした」

キャシーは遺族が聞いたら激怒しそうなことを平気で口にする。

「折角、解剖によってコロナウイルス感染症に対する予防や治療のヒントが得られると思っていたのに。砒素中毒なんて珍しくも何ともありません」

あまりの放言に、真琴は思わず教室の外を窺《うかが》った。幸い人の気配はなかった。

「部外者が聞いていたらどうするんですか」

「ワタシは別に死者を冒瀆《ぼうとく》している訳ではありません。死因が珍しくないと憤慨《ふんがい》しているのです」

キャシーは心外そうな顔をしてみせた。

「司法解剖は死因の究明とともに、生体にとって有意義な発見があって然《しか》るべきです。砒素中毒も興味深くはありますが、現時点でコロナウイルス感染症以上に大きな成果が見込めるものではありません」

人命に対しては平等なのに死因については序列をつける。他人が聞けば首を捻《ひね》る理屈だが、キャシーならさもありなんと思わされる。

「ワタシと真琴が粉骨砕身《ふんこつさいしん》解剖に従事しているというのに、新型コロナウイルスに未《いま》だ一矢《いっし》報いることができないのが腹立たしくてなりません。真琴はどうですか」

回答を求められて言葉を探していると、ちょうど上手い具合に卓上電話が鳴った。表示を確かめれば大学の総務部からだ。真琴は受話器に飛びつく。

「はい、法医学教室です」

『お忙しいところすみません、総務の荒井《あらい》です。実は新聞社の方が取材を申し込みに来られているのですが』

「何の取材ですか」

『先日、そちらで司法解剖された萱場啓一郎氏と笹森茂留氏についてだそうです』

スピーカーモードにしているので相手の声はキャシーにも聞こえている。キャシーは人差し指を上に向けて、いったん上司の意向を仰《あお》ぐように指示する。

「あの、光崎教授は不在でして」

『教授には連絡したんです。そうしたら教室にいるお二人に一任するからと』

仏頂面《ぶっちょうづら》の光崎が脳裏《のうり》に浮かぶ。解剖以外の面倒な仕事はいつもこちらに丸投げする。尊敬する上司の、全く尊敬できない部分だ。

キャシーはと見れば、仕方がないというように肩を竦《すく》める。真琴はこれ見よがしに嘆息《たんそく》してみせた。

「分かりました。法医学教室に案内してください」

数分後、件《くだん》の記者がさっそくやってきた。

「〈埼玉日報《さいたまにっぽう》〉社会部の尾上善二《おのうえぜんじ》と言います。以後お見知りおきを」

短軀《たんく》で背は真琴よりも低いのではないか。貧相な顔立ちは齧歯《げっし》類を連想させる。下から睨《ね》め上げる視線はひどく粘り気があり、まるで実体があるようだ。人を見た目で判断するのはよくないと分かっているが、あまりお近づきにはなりたくない相手だと思った。有体《ありてい》に言ってしまえば生理的に受け付けないタイプなのだ。

「萱場啓一郎氏と笹森茂留氏についての取材だと伺いましたが、それなら警察に訊《き》いた方が早いし詳細な情報が得られるのではないですか」

真琴が牽制《けんせい》すると、尾上は小馬鹿にしたような笑みを浮かべた。

「事件だからといって警察にしか足が向かない記者は三流ですよ。こちらでは萱場啓一郎氏も〈サッシー〉も解剖したんですよね。ワタクシが欲しいのは、そういう周辺情報なのですよ」

「周辺情報とは何ですか」

「コロナによる病死だと思われていた遺体の死因が、実は砒素中毒だった。では、二人が打ったという偽ワクチンが砒素だったのでしょうか。この点は大衆が最も知りたい部分です」

大衆、という一般市民を見下した物言いに引っ掛かった。

「それなら尚《なお》のこと警察に訊いた方がいいと思います」

「県警本部長の発表では、二人が偽ワクチンを打ったことには言及していましたが、その素性についてはひと言も明らかにしていません。ならば二人の遺体を解剖した法医学教室にその答えがあると考えるのは、至極当然のことでしょう」

「県警本部長が明らかにしなかったのは、明らかにできない理由があったからだと思います。それを執刀に当たった人間が話せると思いますか」

「話せますとも。あなたが善良な市民ならばね」

　尾上は善良という部分にアクセントを置いた。

「新型コロナウイルスはこの国ばかりでなく、全世界に蔓延《まんえん》し、病原ウイルスの研究と治療薬やワクチンの開発が急がれています。今回の事件はそういう状況の中で起きました。医療関係者である法医学教室の皆さんには、偽ワクチンの正体について少しでも明らかにする義務があるのではありませんか。それこそ警察の掲げる守秘義務よりも、もっと大きな医療従事者としての義務があるんじゃないですか」

　真琴は言葉に詰まる。尾上の魂胆《こんたん》は分かりきっている。警察発表で隠された事実をすっぱ抜きたいだけだ。だが尾上は老獪な交渉術で、真琴の医者としての使命感に訴えかけてくる。

「いったい偽ワクチンの正体は何だったんですかね」

「答える義務はありません」

　我ながら尖《とが》った物言いだと思ったが、この男の要求は断固拒絶しなければならないという本能が働いていた。

　だがこうした対応に慣れているのか、尾上は眉《まゆ》一つ動かさない。

「ほほほほ、なかなか厳しいことを仰《おつしや》いますね。ところで先生、亡くなった二人以外にも偽ワクチンの被害を訴えた人がいます。ご存じですか」

　初耳だったので、素直に首を横に振る。

「ついさっきネットニュースに流れたばかりなんですが、中国の怪しいサイトからワクチンを購入したらしいですな。ところがすぐコロナに罹り、インチキであることに気づいた次第で」

急いで自分のスマートフォンを取り出しニュースサイトを検索してみると、尾上の口にした話題がトップに上がっていた。

「以前、やはり中国の怪しいサイトでバイアグラの偽物を摑まされた事件があったでしょう。あれとよく似ています」

ニュースを最後まで読むと、ネット通販で入手したワクチンを打った人物は、萱場と笹森の事件を知り顔色を変えたらしい。慌《あわ》てて大学病院で精密検査を受けたところ、身体のどこにも異状は見当たらなかったという。

「アンプルに残っていた偽ワクチンを分析したら、ただの生理食塩水だったようで。まあ得体の知れない毒物に比べれば可愛《かわい》いものですが、問題は売り手が中国人だったという事実でしてね」

尾上は今にも舌なめずりせんばかりの表情になる。

「そもそも新型コロナウイルス感染症は中国武漢市が発生源という噂がもっぱらです」

「でも証拠がないと聞いています」

「問題はそこじゃないんですよ。要は、ウイルスを作り出した張本人なら同時にワクチンも作っているに違いないという思い込み。そして武漢市発生源説がある限り、中国製ワクチンには信《しん》憑性《ぴょうせい》が生まれる」

次第に尾上の目論見《もくろみ》が見えてきた。真琴はやはり本能的に身構える。

「ネットを覗《のぞ》けば一目瞭然《いちもくりょうぜん》ですが、日本だけでなく世界中が中国に疑惑の目を向けています。

ＷＨＯは中国政府の封じ込めに向けた取り組みを賞賛しましたが。『埼玉日報』としては、今回の偽ワクチン事件にも中国政府が一枚噛《か》んでいるんじゃないかと考えている次第で」

「まるで陰謀論じゃないですか」

「事故を起こした高速鉄道の車両を地中に埋めて隠蔽しようとする政府ですよ。どんな企《たくら》みをしたとしても不思議じゃない」

「それこそ偏見です」

「偏見かどうかはともかく、こういうパンデミックが起こると中学生が妄想《もうそう》するレベルの陰謀論が、まことしやかに流布《るふ》するものでしてねえ」

尾上の口から蛇《へび》のような舌が出てくるような錯覚《さっかく》に陥《おちい》る。

何が真実かよりも、世間がどんな話を欲しているかが重要だと暗に言っているのだ。尾上に対する嫌悪感は警戒心へと変わる。

「それで最初の質問に戻ります。いったい偽ワクチンの正体は何だったんですか」

「最初の返事に戻ります。答える義務はありません」

「なかなか頑迷《がんめい》でいらっしゃる。そちらの先生はいかがでしょうかね」

話を振られたキャシーはと見れば、腰に手を当てたまま尾上を睥睨《へいげい》している。

「日本にもあなたのようなジャーナリストがいるのですね。マンハッタンでは似たタイプのジャーナリストを多く見かけました」

「光栄ですね。〈ニューヨーク・タイムズ〉の記者ですか」

「いいえ、〈ポスト〉の方です」

以前、キャシーに説明してもらった。アメリカにも、信頼されているメディアとして位置付けられているブロードシート（一般紙）と、信頼できない情報源であるタブロイドが併存している。前者の代表が〈ニューヨーク・タイムズ〉で、後者が〈ニューヨーク・ポスト〉ということらしい。タブロイド紙というのは要するに売らんかなの編集方針であり、そのためには羊頭狗肉《ようとうくにく》の見出しや捏造《ねつぞう》記事もお構いなしなのだという。

さすがに顔色を変えるかと思ったが、案に相違して尾上は卑屈に笑うだけで反論すらしなかった。

「それでも世界的に有名なタブロイド紙の記者と同列にしてもらえるなら光栄ですな」

「Get out」

「OK、OK」

追い出されることに慣れているのか、尾上は二つ返事で踵《きびす》を返す。ただし捨て台詞《ぜりふ》を忘れなかった。

「ああ、ここも〈ヒポクラテスの誓い〉なるプレートを教室の入口に掲げているんですな。『養《よう》生《じょう》治療を施《ほどこ》すに当たっては、能力と判断の及ぶ限り患者の利益になることを考え、危害を加えたり不正を行う目的で治療することはいたしません』」

尾上は歌うように誓文《せいもん》を読み上げた後、キャシーに向き直る。

「確か、この誓いにある『患者』に貴賤や収入の多寡《たか》といった差別はないという趣旨でしたねえ」

「Of course」

「では、自分一人が助かればいいとカネに飽《あ》かせて偽薬を買い求めた飽食者《ほうしょくしゃ》と、従順に治療の順番を待っている善良なる者がベッドに並んでいた場合、あなたたちはどちらの患者を優先するのでしょうかねえ」

キャシーの片方の眉がぴくりと上下する。尾上はそれを確かめると口角を上げた。

「名刺を置いておきますので、気が変わったら連絡してくださいな」

この頃には顔を見るのも嫌になっていたので、真琴は返事もしなかった。

尾上が教室を出ていくと、キャシーは薬品棚を探り始めた。

「何してるんですか」

「塩化ナトリウムの粉末。日本では、こういう時に玄関に撒《ま》き散らすのですよね」

「塩が溶けると床がネバネバになるのでやめてください」

「真琴」

珍しくキャシーの口調が硬くなっていた。

「やはり、COVID-19は人類を脅《おびや》かす感染症と捉《とら》えるべきですね。今の下劣なジャーナリストの話で確信に至りました」

「前に言っていた、ペストとフェイクニュースの関連ですね」

「いつの世でも自分に理解不能なことが起きると、恐怖心からスケープゴートを求める人間が出現します。それを促すのが、ああいうイエロー・ジャーナリズムなのです。ワタシたちは警戒しなければなりません」

「でも、彼の言っていた喩《たと》え話は少し気になりました。正直、大枚《たいまい》はたいて偽ワクチンを購入した富裕層の人と、治療の順番を待っている患者を同列に扱うというのは」

「区別しますか」

「その時になってみないと分かりませんけど」

キャシーに対しては本音を吐露するしかない。真琴自身が確固たる結論に至っていないので答えようがないのだ。

ヒポクラテスは富める者も貧しき者も公平に治療せよと言った。だが今回、砒素中毒で死んだ萱場と笹森は自分さえ助かればいいと未承認の、それも偽ワクチンに手を出した。今この場にヒポクラテスがいたとしたら、彼は萱場のような者たちにも躊躇なく手を差し伸べたのだろうか。

「真琴の正直なところ、ワタシは好きですよ」

「どうも」

「もっとも正直さで褒《ほ》めてもらえるのはジョージ・ワシントンくらいのものですが」

大統領になる可能性など皆無の真琴なので、これはもちろん褒め言葉ではない。

「偽ワクチンを購入した富裕層の患者と、治療の順番を待っている患者を同列に扱えるかどうかという設問でしたね。真琴、それに対する法医学者の回答はただ一つです」

真琴は期待して答えを待つ。

「双方とも死体になれば、優劣をつけても文句は言いません」

期待した時間を返せ。

抗議しようと口を開きかけた時、ドアを開けて別の訪問者が現れた。

「ああ、二人ともいた」

古手川だった。

「犯行に使用された砒素の分析、そろそろ終わりそうかと思って」

いつもの軽い口調だったが、机の上の名刺を目ざとく見つけて顔を顰《しか》めた。

「埼玉日報の尾上。あいつがここに来たのか」

「古手川さん、あの記者を知ってるの」

「〈ネズミ〉という綽名《あだな》で呼ばれている」

古手川は道端《みちばた》の糞《くそ》を見るような顔をする。

「小柄でどこにでも入り込み、やたらに鼻が利《き》く。雑食性で何にでも齧《かじ》りつく」

「綽名があるくらいには有名なのね」

「〈ネズミ〉が、どうしてここに来たんだ」

真琴から説明を聞くと、古手川は更に顔を顰めてみせた。

「確かにあいつなら、法医学教室を訪れて不思議じゃない。チクショウ、真琴先生たちには前もって伝えておくべきだったな」

「まだ偽ワクチンの正体が砒素であることは知らなかったみたい」

「他には何を探っていた」

「中国政府が偽ワクチンに関与しているかどうか。どこまで本気で疑っているかは分からなかったけれど」

「片方で新型コロナウイルスを蔓延させておいて、もう片方で偽ワクチンを横行させるか。いかにもあいつが考えそうな与太《よた》だな」

「陰謀論専門なの」

「時と場合によりけりだ。今回は新聞の読者を煽《あお》るだけ煽ろうという肚《はら》なのかもな」

「その言い方だと、まともな記事も書くんだ」

「さっきも言った通り、異様に鼻が利くから敏腕だって声も聞く。しつこく捜査対象に張り付いてスクープを飛ばしたこともある。容疑者に接近しすぎて大怪我《おおけが》をしたこともある」

「ふうん、それなりに評価しているんですね」

「ああ、〈ネズミ〉としての評価だけどな。本物のネズミよろしく病原菌を撒き散らすことに定評がある。あいつが書く記事は読むヤツの不安を煽り、猜疑心《さいぎしん》を培養《ばいよう》する。俺たち埼玉県警の人間は多かれ少なかれ、あいつの記事で迷惑を被《こうむ》っている」

「よくそんな人、そんな記事が大手《おおで》を振っていられるものね」

「『水清ければ魚《うお》棲《す》まず』」

急に古手川が故事成語《こじせいご》を口にしたので面食らった。

「ウチの班長が時々言うのさ。あまり綺麗《きれい》な水には魚が棲めないし、潔白過ぎる世の中は息が詰まる。正義をとことん突き詰めると他人を咎《とが》めることに血道を上げるようになる。世の中は多少不潔だったり濁《にご》っていたりした方が住みやすい」

「それはそうかもしれないけれど病原菌が蔓延《はびこ》るのは嫌」

「俺もネズミが蔓延るのは嫌だ」

自分に合わせてくれたにしては阿吽《あうん》の呼吸のように思えた。最近、古手川と思考回路が似てきたのかもしれない。

それで訊きたくなった。

「古手川さんは被害者を区別したりしないんですか」

「区別って何が」

「今回の被害者って、自分一人が助かればいいと大金を払って偽薬を買い求めた人ですよね」

「何しろ富裕層だからな。買える命なら買いたいと考えるんだろうな」

「そういう人たちの無念も晴らしてやろうと思いますか」

「あー、そういうこと」

古手川はこちらの言わんとしていることを即座に理解してくれたらしい。

「キャシー先生は、どうせ死体になれば優劣をつけても文句は言わないって理屈ですけど」

「それは案外真理かもしれない」

「ふざけないでください」

「別にふざけちゃいないよ」

古手川は少し慌てた様子で片手を上げる。

「緊急事態宣言が発出されてから、皆が家に引き籠るようになった。演芸場もコンサートホールも映画館も閉鎖されて音楽もお笑いも楽しめなくなった。いや、それ以前に多くのミュージシャンや芸人が落ち込んだんだってな。世の中がパンデミックで閉塞状況に陥っているのに、自分たちは何もできない。発信力があって、人を感動させる才能を持っていてもパンデミックの前じゃ何の役にも立たないってな」

音楽家やタレントの嘆《なげ》きぶりは、真琴もネットニュースや本人たちのSNSで聞き知っていた。コロナ禍でタレントが亡くなる事件が連続した時期もあり、彼らの動向に注目が集まってもいたのだ。

「確かに歌を歌ったり芸を披露したりしてもパンデミックを抑えることはできないし、重症患者は抵抗虚《むな》しく静かに死んでいく。病魔《びょうま》の前では芸術の才能も無力だろうな。だけどさ、ミュージシャンの某《なにがし》はこう思ったんだそうだ。それでも自分は曲を作り続け、ネット配信でもいいから歌い続けるしかない。自分ができるのは曲作りだけだし、普段通り仕事を続けることが最大の抵抗なんだって」

古手川は照れ隠しのように頭を掻く。

「だからキャシー先生の言い分は決して間違っていないと思う。コロナだろうが何だろうが法医解剖医は解剖するしかないし、俺たち警察官は犯人を捕まえるしかない。それが正しい選択なのかどうかなんて、後でゆっくり考えりゃいいじゃないか」

すると後ろで二人のやり取りを聞いていたキャシーが親指を立ててみせた。

「That's right」

何て単純な思考だろうと呆《あき》れた。

だが複雑に事情が絡む場合は、単純な職業倫理に身を委《ゆだ》ねるのもいいかもしれない。

真琴は思わず口元を綻《ほころ》ばせた。


だが真琴たちの思いとは裏腹に、世間の萱場や笹森への誹謗《ひぼう》中傷は日を追うごとに厳しくなっていった。

個人の上げたSNSが燎原《りょうげん》の火のように広がっていった経緯があるものの、大抵の火事には火元が存在する。その火元の一つが埼玉日報だった。

『未承認ワクチンを追って』と題したミニシリーズが連載を開始したのは、尾上が法医学教室を訪れた翌日からだった。内容は読まずとも大体の察しがつく。偽ワクチンを摑まされた挙句に頓《とん》死《し》した萱場と笹森の事件を特集しているのだ。

筆致はこれぞ左派新聞といった内容で、稀代《きたい》の事業家と人気YouTuberの死を悼《いた》みつつも、彼らが未承認のワクチンを秘密裏に購入した事実を糾弾《きゅうだん》していた。

『今、日本国民は新型コロナウイルス感染症の影に怯《おび》え、ワクチンと治療薬の開発を今や遅しと待ち望んでいる。特にワクチン接種は全国民に対して速《すみ》やかに、そして公正に実施されるべきである。だが正式な手続きも踏まず、経済的に恵まれた者だけが優先して恩恵にあずかろうとすることは、たとえ個人の自由が認められているにしろ社会通念上、果たして正しいものなのだろうか。いずれにしろ、この富裕層たちは砒素中毒で死亡し浦和医大法医学教室で司法解剖に付されている。彼らが入手した未承認ワクチンの分析が待たれる』

ご丁寧なことに尾上の署名も記載されていた。

まるで二人が死んだのは自業自得《じごうじとく》と言わんばかりの論調だったが、同調した読者も少なくなかった。閉塞状況に置かれると、人は不安から逃《のが》れるために攻撃的になるものだ。

萱場事件も笹森事件も当人は既に死亡している。当初、湧き起こった怒りは本人に向けられていたが、次第に死人相手では飽き足らなくなったのか、二人の遺族や関係者にまで及ぶようになった。

まず萱場啓一郎に関しては彼の遺族はもちろん、〈KAYABA TOWN〉の従業員にまで誹謗中傷が浴びせられた。同社の製品の不買運動を煽る者たちも大挙して現れた。萱場慎太郎と憲太がそれぞれ開設していたSNSは連日のように炎上した。いつ名誉毀損《めいよきそん》で訴えられても不思議ではない文言《もんごん》がコメント欄《らん》を埋め尽くし、埼玉日報が特集を組んで三日後にとうとう閉鎖の憂《う》き目に遭《あ》った。

〈サッシー〉こと笹森の場合は主たる活躍の場所がネットであったから、炎上具合も萱場の比ではなかった。彼と懇意《こんい》にしていたYouTuberたちは飛び火を恐れて笹森とのコラボ企画を片っ端《かたぱし》から削除したが、それで矛《ほこ》を収める者は少なく、たちまち集中砲火を浴びた。再生回数さえ伸びれば良しとする迷惑系のYouTuberでさえ攻撃に耐えきれなくなり、しばらくは動画の更新を控えたほどだった。

『本物のネズミよろしく病原菌を撒き散らすことに定評がある。あいつが書く記事は読むヤツの不安を煽り、猜疑心を培養する』

古手川による尾上評はいささか盛り過ぎではないかと疑ったが、こうなってみれば的確だったと言わざるを得ない。新型コロナウイルスがもたらす不安と人のもたらす猜疑心が綯《な》い交《ま》ぜとなり、世間はますます内圧が高まっていく。

2

医療従事者たちがコロナウイルスを相手に奮戦する中、アメリカのファイザー社とモデルナ社は相次いでコロナワクチンに関する第一相、第二相の臨床試験を始めた。ワクチンの効果の高さと安全性を確認できれば大規模な第三相試験に進み、問題がなければ直《ただ》ちにワクチンの実用化に舵《かじ》を切ることができる。

新型コロナウイルス感染症に苦しめられている世界にとっては福音《ふくいん》だったが、開発からわずか一年足らずで実用化されようとしているワクチンに対して、臨床試験のプロセスが省略されているのではないかという疑惑を追及する者が現れた。

「製薬会社が手っ取り早く儲けるために臨床試験をすっ飛ばして市場に卸《おろ》そうとしているのではないか」

「最初に接種される者たちは、都合のいいモルモットではないのか」

もちろんコロナワクチンの短期間での実用化が叶《かな》えられるのには相応の理由がある。まず、遺伝子工学の発展によりウイルスの塩基配列さえ分かればすぐ設計に着手できるという環境があるからだ。

次に、治験で予防効果を検出するには実薬と偽薬の両方で大勢の治験参加者が必要になるのだが、アメリカなどでの感染者数が至極短期間で激増したためにわずか三、四カ月程度で有意な成果が出せるのだ。

従ってワクチンの短期間での実用化には怪しい点などないのだが、猜疑心に駆られた者にはまともな理屈ほど通用しない。どんなに奇天烈《きてれつ》なデマにも反応する者が一定数存在する。だが、こと新型コロナウイルス関連に限ってはデマの種類もその信者も桁外《けたはず》れに多かった。

これには緊急事態宣言による外出控えも大きく影響していた。多くの者が他人と語り合う機会を失い、ネット発の一方通行の情報に溺《おぼ》れてしまったためだ。

人間は情報の正確さには関係なく、初めて聞く情報よりも繰り返し聞いた情報の方が信憑性が高いと誤認する傾向がある。誤認した情報はそのまま本人の認識となり、やがて主張へと発展していく。専門知識がなく論理的でない者ほど専門家に嚙みつくきらいがあり、正当な理由や理屈は陰謀論の渦《うず》に呑み込まれていった。

彼らの主張する陰謀論の一つに、中国政府は自前のワクチンを世界戦略に利用するために新型コロナウイルスを開発したというものがある。それこそ、尾上が口にした「ウイルスを作り出した張本人なら同時にワクチンも作っているに違いない」という思い込みから発展したフェイクニュースだった。

　当事国である中国が多くの感染者と死者を出している事実を考え合わせればデマと分かりそうなものだが、簡単な理屈さえ通用しないところにフェイクニュースの深刻さが表れている。

　あろうことか、デマに踊らされた彼らは萱場と笹森の事件を知るや否《いな》や、「中国政府が今度は偽ワクチンで日本の要人、著名人たちを暗殺し始めた」という言説を拡散するに至った。未だワクチン接種が実施されていない日本のデマと、ワクチンが完成しても接種を望まないという海外の反ワクチンキャンペーンが奇妙な融合を見せ、フェイクニュースが半《なか》ば政治的な意図を孕《はら》みつつ拡大していったのだ。

「新薬が開発されると、必ずと言っていいほどネガティブな考えを持つ集団が発生するものです」

　解剖報告書を作成しながら、キャシーは愚痴《ぐち》交じりに話す。

「今回、新型コロナウイルス感染症は世界的規模で蔓延しています。ワクチンに関するフェイクニュースが次々と生まれるのは、むしろ当然と言えますね」

　愚痴をこぼしたいのは真琴も同じだったので、頷いてみせる。

「多くは科学的根拠に乏しい妄想のようなものなので無視するに限るのですが、量的な問題はある境界を越えた時点で質的な問題に変質します」

「世界的規模に拡大したフェイクニュースには信憑性が生まれるという意味ですか」

「信憑性と言うよりは引き込む力ですね。ネットを覗いて同じ意見を持つ人が大勢いれば、自分は正しいのだと安心して、更にのめり込むことができます」

「論理的に考えれば明らかにフェイクと分かる言説なんですけどね」

「複雑な問題に直面した際には、その人の人間性が出るものです。理性を発揮してとことん思考を続けるか、それとも感情の赴《おもむ》く方向に流れるのか。ワタシの意見ですが、結局フェイクニュースに飛びつく人は不安に抵抗してまで考えるのが苦手なのですよ。陰謀論というのは単純明快で、悩まなくて済みますからね。不安を仮想敵にぶつければ、その瞬間だけは安心していられます。自分がjustice（正義）の側に立っているんだと自己陶酔《とうすい》にも浸《ひた》れますしね」

キャシーがいつも以上に辛辣なのは、ここ数日の電話攻撃のせいだった。埼玉日報が、萱場と笹森の司法解剖を浦和医大法医学教室で行っている事実を記事にしてからというもの、大学の総務部の電話が鳴りっぱなしなのだ。嫌がらせ電話は言うに及ばず、偽ワクチンの正体を即刻公開しろと、まるで己が何かの代表者のような物言いで要求してくる。予《かね》てより法医学教室では守秘義務の観点から個別案件についての問い合わせには対応しない方針を採《と》っているが、そうなれば代表番号を持つ総務部が集中砲火を浴びるという塩梅だ。

「聞いたところによれば、昨日なんか回線がパンクしたらしいですよ」

「元々、総務部には二つしか回線がありませんからね。二回線しか引かなくて正解でした。お蔭でワタシたちも総務部のスタッフもくだらない抗議に時間を取られずに済みます」

フェイクニュースに踊らされる者たちの抗議行動をくだらないと一蹴《いっしゅう》できるキャシーが羨《うらや》ま

しいと思った。

「キャシー先生は悩んだりすることがないみたい」

　独り言のように口を滑らせたのをキャシーは聞き逃さなかった。

「それは真琴、大変に失礼ですね。ワタシだって悩む時には悩みます。ただフェイクニュースには耐性があるというだけです」

「どうして耐性がついたんですか」

「ほとんどのフェイクニュースはヘイトと似た構造だからですよ」

　言われて思い出した。キャシーは生まれ育ったスパニッシュハーレムでヘイトを浴びせ続けられたのだ。

「ヘイトには無知と無理解、無教養と自己顕示欲が根を張っていますが、それはフェイクニュースも同じなのですよ。ついでに言ってしまえばフェイクニュースを信じる人の多くは、ちょっとしたきっかけでヘイトに加担するようになります。そして真っ当なことを進める人間の障害になります。ちょうど、大学運営に必要不可欠な総務部の仕事を妨害している人たちのように」

　キャシーがそこまで言った時、卓上電話が鳴った。噂をすれば何とやらで総務部からの内線だった。

「はい、こちら法医学教室の栂野です」

『荒井です。今しがた、例の偽ワクチンの正体を公開せよという人が』

「すみません。そういう電話は総務で対処していただく方向で」

『あの、電話じゃないんです』

「え」

『正門前に大挙して押しかけているんですよ。職員と警備員が制止しているんですけど、中にはプラカードを棍棒《こんぼう》代わりに振り回そうとする人もいて』

電話だけでは飽き足らず、今度は実力行使に出たか。思わずキャシーを見ると、彼女は呆れたように天を仰いだ。

「Unbelievable! 日本人はそういう軽率《けいそつ》な行動には出ないと信じていたのですが、ワタシも認識を改めなければなりませんね」

「どうしましょうか」

「古手川刑事と連絡を取ってください。こういう時のために、わざわざ法医学教室の出入りをフリーにさせているのです」

本人が聞いたらどんな顔をすることやら。後ろめたさはあったが、スマートフォンで古手川を呼び出してみる。

『ああ、真琴先生。どうかしたのか』

大学に市民が大勢押しかけていることを告げると、向こうの返事が一拍遅れた。

『悪い。駆けつけたいのは山々だけど。間に合いそうにない。今、都内に向かっている』

「古手川さん、管轄は埼玉でしょ」

『例の偽ワクチン事件が、とうとう東京にまで飛び火したみたいなんだ』

詳細を尋ねたいと思ったが、そんな余裕はないことに気づいた。

『こっちの用事が済んだら駆けつけるけど、いよいよとなる前に県警の警備部に連絡してくれ。浦和医大の要請ならすぐに出動するはずだから』

「分かった」

不安は残るが、ここは承知するしかなさそうだった。

電話を切ると、キャシーがパソコンから離れて手術用の手袋を装着しているところだった。

「肝心《かんじん》な時に役に立たないのでは、今後の付き合い方を考え直さなければなりませんね、真琴」

「別に付き合っている訳じゃ」

「当面の間、警察は頼れないのは分かりました。救援を待っているうちに暴徒が教室に押し掛ける可能性もあります。貴重なサンプルや資料を台無しにされる危険性もあります。それなら自衛するしか手段がありません」

「自衛って、こちらは丸腰なんですよ。警備部に電話しましょう」

「いいえ」

キャシーはこれ以上ないほど不敵に笑ってみせた。

「武器ならあります」

不安はあったがキャシー一人を向かわせる訳にはいかず、真琴は彼女と一緒に現場に向かう。

報告通り、正門前には十数人の男女が集まり、職員と押し問答を続けていた。暴徒は全員がノーマスクで交渉に臨んでいる。キャシーは躊躇なく、その群れの中に突き進んでいく。

「Hey, stop!」

キャシーの一声で、その場の全員が振り返った。いきなり白衣姿の人間が現れたせいか、何人かは振り上げた手を止めたようだ。

「あなたたちは医大の前で何を騒いでいるのですか。恥を知りなさい」

見れば集まっている者たちは四十代以上の男女で、中には七十過ぎと思しき老人もいる。言葉を返してきたのは、その老人だった。

「あんたは誰だ」

「おや、リクエストをくれたのではありませんか。ワタシは法医学教室のキャシー・ペンドルトンです」

「何だ、この大学は外国人を教授に雇《やと》っているのか」

「ええ。浦和医大は髪や瞳の色に関係なく優秀な人材を募っていますからね」

「ふん、法医学教室の関係者ならちょうどいい。〈KAYABA　TOWN〉の社長と〈サッシー〉を解剖したのはあんたたちなんだろ」

「ええ、あのイエロー・ペーパーの記事を頭から信じるのなら」

「未承認ワクチンの分析もしているらしいな。今すぐ、その成分を公表しなさい」

「程度の低い新聞を愛読していると、言葉遣《づか》いまで程度が低くなるのですね。人にお願いをする時には最初にpleaseをつけるのですよ」

「わたしたちは善良な市民を代表してここに来ている」

老人はこれ見よがしに胸を反《そ》らせて言う。その仕草だけで、普段の彼が何ものをも代表していないことが推察できた。

「国公立の大学なら市民の要求に応《こた》えるのがスジというものだろう」

「短い会話の中で既に二つも論理が破綻《はたん》していますね。One, あなたたちは市民の代表を名乗っていますが、その市民というのはさいたま市民なのでしょうか、埼玉県民なのでしょうか、それとも日本国民なのでしょうか。定義が曖昧《あいまい》なのに代表を名乗るのは誇大妄想の一歩手前です。Two, 浦和医大は確かに公立大学ですが行政機関ではありません。よってあなたたちの要求に従う必要は全くありません」

堂々とした物言いに気圧《けお》され気味の彼らを見て、真琴は胸の裡《うち》で快哉《かいさい》を叫ぶ。

だが老人もなかなか負けていなかった。

「そういうアカデミズムの傲慢《ごうまん》さが今回のパンデミックを招いたとは思わないのか。新型コロナウイルスというのも中国の科学者が開発した細菌兵器の一つなんだろう」

「Three, あなたは細菌とウイルスの違いすら分かっていません。Four, ネットに転がっている未確認情報だけで推論を立てるのはまともな議論を放棄しているようなものです」

まずいと思った。

キャシーの言説はいちいち論理的なので傍で聞いている分には爽快《そうかい》だが、論破される側は劣等感を甚《いた》く刺激されるだけだ。

「この野郎」

案の定、老人はキャシーに向かっていく。真琴は離れた場所にいる。警備員も動くのが遅れた。

真琴が駆け出したその瞬間、キャシーは老人の前に片手を突き出し、彼の腕を摑まえる。

「慌てないでください。あなたたちの要求に従う必要はないというだけで、何も全てを拒否すると言った覚えはありません。分析結果を公表するつもりはありませんが、それならあなたたちがその目で現物を確かめればいいじゃないですか」

「素人だから見ても分からないと高《たか》を括《くく》っているのか」

老人はスマートフォンを取り出して高く掲げる。

「いいだろう、その現物とやらを見せてもらおう。写真を撮って専門家に確かめてもらえばいいことだ」

「あなたたちのサイドに立っている専門家というのは、いったいどんな素性なのかとても興味がありますね」

一転して口調を和《やわ》らげたキャシーは、老人に向かって微笑《ほほえ》みかける。

「あなたたちはとてもラッキーです」

「どうしてかね」

「ちょうど今、COVID-19の感染で命を落とした患者の解剖をしていたところでした」

キャシーと真琴を除く全員がたちまち顔色を変えた。

「ワタシたちは完全防備でなければ解剖室にも入れないのですが、どうやらあなたたちは平気なようなので、そのままでwelcomeです」

「おい、ちょっと待て。それじゃあ、この手袋はまさか」

「急を聞いて駆けつけたので着け替えていません。遺体の内部に突っ込んだので、COVID-19塗《まみ》れになっていると思います」

「うわあっ」

老人は電気ショックに打たれたようにキャシーの手を振り解《ほど》く。

「今更何を遠慮しているのですか。解剖室の中に入れば、この程度では済みませんよ。さあ、あなたも、そこのあなたも」

キャシーは笑いながら彼らの一人一人に手を近づける。

「ひぃ」

「やめろ、近づくな」

「近くば寄って目にも見よというのは、この国伝統の礼儀と聞いています」

それ、意味が違う。

真琴が呆気《あっけ》に取られているうち、たちまち彼らは陣形を崩して方々に散っていった。彼らの背中が視界から消えると、キャシーは得意満面の顔をこちらに向ける。

「ほら、武器ならちゃんとあったでしょ」

「悪趣味ですよ」

「あの人たちよりは、ずっと上品です」

キャシーは何事もなかったかのように元来た道を戻っていった。

3

キャシーが『市民の代表』とやらを解剖医流の脅しで撃退した後も、浦和医大法医学教室に対する誹謗中傷は後を絶たなかった。いや、キャシーの反撃が火に油を注ぐ結果になった可能性は否《いな》めない。

何故《なぜ》なら翌日の新聞には『市民の代表』との小競《こぜ》り合いが囲み記事で報じられ、同時に浦和医大法医学教室の隠蔽を疑う記事が掲載されたからだ。

『五月一日、浦和医大前に集まった市民団体が未承認ワクチンの成分の公表を求めたところ、大学関係者は正当な理由を告げることなく、これを拒否した。新型コロナウイルス感染症が市民生活に脅威をもたらしている現状、関係各所の情報開示義務は日増しに高まっている。既に未承認ワクチンが関与すると思われる二件の死亡事件が発生しており、浦和医大の誠意ある対応が期待される』

「この記事を書いた記者は何をもって誠意と考えているのでしょうか」

記事を読み終えたキャシーは『埼玉日報』本日付の朝刊を机の上に叩《たた》きつけた。

「偽ワクチンの正体が知りたいのなら、警察に直接訊けばいいのに」

「警察では教えてくれないからですよ。偽ワクチンが砒素だったと明確になればちょっとしたパニックになるだろうし、第一、容疑者が逮捕された際に真犯人しか知り得ない〝秘密の暴露〟が証拠にならなくなりますから」

「Ｏｈ！　〝秘密の暴露〟。古手川刑事はピロートークでも、そういう警察用語を喋りますか」

「何がピロートークですかっ」

　さすがに真琴は抗議する。やっとディナーを楽しむ仲になったとはいえ、からかわれるにはまだ抵抗があった。

「マスコミが警察から情報を探れないのはワタシだって知っていますよ。だからと言って、こんな挑発的な記事を載せるなんて」

「この『未承認ワクチンを追って』というミニシリーズを担当しているのは、この間やってきた尾上っていう記者さんです」

「Son of a bitch!」

　キャシーはひどく下品な言葉を吐いた。

「こんな記事を書く記者と知っていたら、塩化ナトリウムどころか枯葉剤《エージェントオレンジ》でも撒いてやったのに」

「塩以上に後始末が大変だからやめてください」

　キャシーが同じ話題で延々と愚痴るのはそうそうあることではなく、もちろん理由がある。

　昨日の立ち回りも、キャシーにしてみれば雑音を根絶するための荒療治のつもりだったらしい。ところが事態は根絶どころか悪化の方向を示しつつある。

相も変わらず浦和医大総務部の電話は鳴りっぱなしで、正門前には小規模ながら抗議活動を続ける一団も居座っている。しかもそれだけに留《とど》まらず、新たな火種が生じたのだ。

火元は保守系新聞社が開設したニュースサイトだった。

『あまり知られていないが、浦和医大の桜山《さくらやま》学長は親中派である。二〇一八年には北京《ペキン》大学に招かれて講演を行っている。中国青年公益事業交流団の主要メンバーの一人として名を連《つら》ねてもいる。それだけではなく浦和医大に積極的に中国人留学生を受け入れてもいる。

この親中派の人物が学長を務める医大では、未承認ワクチンを接種したとされる著名人の司法解剖が行われている。解剖の過程で中国製ではないかと噂されている未承認ワクチンの分析も済んでいるはずだが、現時点で浦和医大法医学教室から成分の公表はされていない。これは果たしてどういうことなのか。

桜山学長が親中派であることが情報の秘匿《ひとく》と関係しているのであれば、成分の未公表は中国政府に対する忖度《そんたく》と勘繰《かんぐ》られても仕方ないのではないだろうか。いずれにしても法医学教室の沈黙は国益を損《そこ》なっていると指摘せざるを得ない』

このニュースには三百以上のコメントがつき、そのほとんどは記事の主張に賛同するものと浦和医大を非難するもので占められた。

『確かに大学側の対応は非協力的どころか、秘密を守る必死ささえ感じますね。親中というよりも媚中《びちゅう》のような感じ』

『この国を救うために働かなきゃならない医療従事者が他の国のために働くってどういうこと？

これじゃあスパイと一緒じゃないですか』

『未承認ワクチンが砒素であるのは、もう公然の秘密になっているんですよね。未承認ワクチンの出処《でどころ》が中国なら、やっぱり新型コロナウイルスも偽ワクチンも、あの国の戦略に他ならないってことです』

『普通に軍隊で侵攻してくるのなら防衛する手段はあるけど、ウイルスというのは見えない敵だから防ぎようもないですよね。だから現在考え得る最強の兵器なんですよ』

『桜山学長は退任して、浦和医大は市民に開放するべきだと考えます。中国政府はウイルスの流行起源とされる市場を閉鎖したそうじゃないですか。明らかな証拠隠滅です。しかし浦和医大にはその証拠が残っている。日本政府は直ちに浦和医大から資料とデータを回収するべきです』

『しかし、現在の浦和医大が媚中色に染まっているのはまず間違いないことで、職員も学生も全員身柄を確保するくらいの強硬手段が相応《ふさわ》しいんじゃないだろうか』

「この人たちは本心からこんなくだらないコメントを投稿しているのでしょうか」

スマートフォンでニュースサイトを閲覧《えつらん》していたキャシーはひどく凶暴な顔つきになっていた。先日は新聞を机に叩きつけた手が、今日はスマートフォンを床に叩きつけようとしている。

「日本人というのはもう少し理性的で思慮深い民族だと思っていたのですが、ワタシの勘違いだったのでしょうか」

「そんなことはないです」

口に出してから、真琴は助かったと思った。

正直、浦和医大と法医学教室を取り巻く雑音には真琴もほとほと嫌気が差していた。連日の嫌がらせ電話と抗議活動だけでも気が滅入《めい》るというのに、ネットでは一方的に指弾され炎上の憂き目に遭っている。真琴自身、口を開けば彼らに対する悪口雑言《あっこうぞうごん》が噴出しそうだったのだ。

だが、先にキャシーが愚痴ってくれたお蔭で、真琴は彼らの擁護に回ることができる。卑怯《ひきょう》なようだが、人を罵《ののし》るよりは庇《かば》う方が精神衛生上楽になれる。

「今は日本だけじゃなく、世界中がパニック状態です。パニックに陥った人間に理性的で思慮深い言動を強《し》いるのは少し酷な気がします」

するとキャシーはこちらに意地悪そうな視線を投げて寄越した。

「ワタシだけに悪役《ヒール》を演じさせるつもりですか、真琴」

「バレましたか」

「こういうガス抜きはお互いに悪口を吐き出した方が合理的なのに」

「最初からガス抜きのつもりだったんですか」

「やられっぱなし、言われっぱなしではメンタルがダメージを受ける一方ですからね。たまには相手に中指を立てる練習をしましょう」

「下品ですよ」

「このコメントを投稿してきた人たちよりは、ずっと上品です」

前にも似たようなやり取りをしたのを思い出す。キャシーにとって、歪《ゆが》んだ正義を振りかざすことや匿名で他人に攻撃することは何にも増して下品で卑劣極まりない行為なのだろう。

「それにしても、ついこの間までリベラルを装ったラジカルなマスコミが騒いでいたと思ったら、今日は保守的なニュースサイトが熱に浮かされたようにワタシたちを叩いています。右から左からサンドイッチ、いえ、このケースはサンドバッグになっていると言うべきでしょうか」

「確かに両方からのバッシングというのはひどい話だと思います」

「つまりですね、真琴。新型コロナウイルスやワクチンを巡る対立はリベラルとアンチ・リベラルという二項ではなく、科学的か非科学的かという二項対立なのですよ」

科学的対非科学的という捉え方は、真琴にもすっと腑《ふ》に落ちた。

「さっきの真琴の言葉にもありましたが、パニックに陥った人間に科学的思考を期待してはいけません。恐怖と不安で理性よりも感情が勝っているのです。従って、新聞という公器でクレイジーな主張をしたり、大学の前で声を張り上げたりしている連中は、揃いも揃って非科学的。そう決めつけてしまうと気が楽になります」

全肯定はできないものの、キャシーの処し方には教訓になる部分もある。要は納得できる部分だけを見習えばいい。

「真琴はワタシたちがこんな風に言われて、よく我慢できますね」

「人を詰《なじ》ってスカッとするのはその時だけで、後になると自己嫌悪で落ち込みます」

「そういう真琴らしいところ、嫌いではありません。でも、やはりガス抜きは必要です。しかも今のうちに」

「どういう意味ですか」

「謂《いわ》れのないバッシングを受けているのは法医学教室だけではないということです」

意味を測りかねていると、その解答が教室に飛び込んできた。

「光崎教授はいらっしゃいますかあっ」

ドアを開けて闖入《ちんにゅう》してきたのは総務の荒井だった。険《けわ》しい表情のまま肩で息をしている。普段の彼女と言えば喜怒哀楽に乏《とぼ》しく、真琴たちが予算交渉する際も眉一つ動かさない。キャシーと密かにつけた綽名は〈電卓モンスター〉だった。

そのモンスターが、今は解《ほつ》れ髪も直そうとせず顔を歪ませている。真琴ならずとも興味を抱《いだ》かずにはいられない。

「教授はまだ来てませんけど、何かご用ですか」

光崎の不在を知らされた荒井は、がくりと肩を落とす。

「総務、いえ大学を代表して交渉に参りました」

「何の交渉ですか。予算折衝の時期はまだまだ先だと思いますけど」

「光崎先生の口から偽ワクチンの成分を公表してください」

何を言い出すかと思ったが、荒井は真剣そのものだった。

「個々の解剖報告には守秘義務があります。それは大学関係者なら皆さんご存じでしょう」

「もちろん知っていますとも。でも、もう限界なんです。例の二体が解剖されてからというもの総務が、もといこの浦和医大がどれだけ迷惑を被《こうむ》ったか、先生たちこそご存じですか」

「嫌がらせ電話がひっきりなしだとは聞いています」

「一回線だけにしました。それでも電話対応だけで他の業務がストップしています。無言電話だけでもいい加減メンタルを削られるのに、一方的に罵声を浴びせてきたり、職員の個人情報を訊き出そうとしたり、業務妨害も甚《はなは》だしいんです」

だからと言って、嫌がらせ電話の類を法医学教室に回されても困る。そもそも、各学部各教室を雑音から護るための総務部ではないのか。

そう思ったが、猛々《たけだけ》しくなっている荒井に面と向かって正論を吐く勇気は持ち合わせていない。

「嫌がらせ電話も無限ＦＡＸも業務に支障を来《きた》すのですが、今朝は遂《つい》に物理的暴力に移行しました。総務部の窓目がけて投石されたんです」

真琴はぎょっとしたが、それまで傍観を決め込んでいたキャシーまでが嫌悪に顔を歪ませる。

「拳大《こぶしだい》ほどの石で窓ガラスが割られました」

「怪我人は出たんですか」

「わずかに破片を浴びた人はいましたが幸い怪我人はいません。でも、今日投げられた石が明日には煉瓦《れんが》になるかもしれません。同じ大きさの石であっても、今度は誰かの頭部に命中するかもしれません」

被害の実態を知り、ようやく荒井の怯えようが理解できた。

「警察に通報を」

「もう、とっくにしました。でもこちらに駆けつけるにはまだ時間がかかるとのことでした」

明らかに荒井は焦《じ》れている。いきなり法医学教室にねじ込んできたのも、おそらくはその焦れが一因だろう。

「警察が捜査してくれても対症療法にしかなりません。石を投げる狼藉者《ろうぜきもの》は明日も明後日も出てきます。トラブルの根源は、ここにあります。法医学教室が情報公開さえしてくれれば、わたしたちがこんな目に遭わずに済むんです。お願いします。栂野助教からも光崎教授を説得してください」

荒井は真琴の白衣の袖を摑んで離そうとしない。のらりくらり逃げることは困難らしいと真琴は悟る。

「ナンセンス」

困惑する真琴を見かねてか、キャシーが二人の間に割って入った。しれっとした冷静な口調に、荒井がすぐに反発する。

「何がナンセンスですか、ペンドルトン准教授。既に実害が出ているんですよ、それも法医学教室のせいで」

「ここで大学側が暴徒たちの要求を吞んで、ボスが偽ワクチンの成分を公表したところで、彼らが満足すると本当に思いますか」

荒井は途端に口を噤《つぐ》む。

「彼らは味を占めるだけですよ。自分たちの暴力は相手を屈服させ、要求を吞ませることができる。そういう歪《いびつ》な優越感を持たせます。歪な優越感は理不尽さに直結します。日本には蟻《あり》の一穴《いっけつ》という格言があるのでしょう。今回の件はまさにそれです。いったんこちらが要求に従えば、次は開発中のワクチンを即座に放出しろとか、新型コロナウイルスの出処を公表しろとか、ありもしない事実の暴露に血道を上げるに決まっていますす」

「まさか、そんなことは」

「そんなことが当たり前にあるのですよ。理性を失った集団というのは」

キャシーの舌鋒《ぜっぽう》はいつにも増して鋭かった。

「世の中には、どれだけ啓蒙《けいもう》されようと、どれだけ戒《いまし》められようと、無理解や偏見から逃れられない人たちがいるのです。そういう人間に限って自分たちが間違っているなどとはこれっぽっちも考えないのです。そして、彼らは一度成功した手法を何度も何度も繰り返します。たとえそれがおぞましいほど卑劣な手法であったとしても。何しろ自分たちは正義なのですから」

真琴はひと言も口を挟めなかった。

生まれ故郷のスパニッシュハーレムで迫害され続けてきたキャシーの言葉は説得力が違う。無理解であったり偏見に囚《とら》われている者への処し方が厳し過ぎる感はあるが、彼女の生きてきた歴史がどっちつかずの日和見《ひよりみ》主義を粉砕してしまう。

「荒井さん。彼らの要求など一ミリも通してはいけません。通したが最後、大学の自治さえ護れなくなります。それこそ多少被害を大袈裟に報告してでも警察の力を利用するべきです」

「あ、あまり警察の人を学内に入れるのは、それこそ大学の自治を損ねるものではないかと」

「警察を権力だと捉えるから妙な遠慮や警戒心が生まれるのです。あんなもの、番犬の一種だと思っていればいいではありませんか」

口ぶりがまるで光崎のそれではないか。長い間、同じ上司の下で働いていると性格が似てくるというのはどうやら嘘ではないらしい。

待てよ。

それなら自分が光崎化しても不思議ではないという理屈になる。冗談じゃないぞ。

「警察に警備を要請するのであれば、法医学教室にはホットラインがあります。いつも司法解剖では埼玉県警の便宜《べんぎ》を図っていますからね」

ゆっくりと荒井の表情が解《ほぐ》れていく。

「じゃあ警察への要請、そちらにお任せしてよろしいでしょうか」

「Trust me」

威勢よく胸を叩くキャシーを見て、荒井はほっとした様子だった。

荒井が退室した後、真琴はおずおずと話しかけた。

「あのですね。キャシー先生は忘れているかもしれませんけど、先日正門前に大勢の人が押し掛けた時、わたしが連絡しても古手川さんは来てくれませんでしたよ」

「何ですか。それは惚気《のろけ》ですか」

「違います」

「あの時、古手川刑事は別件に着手していて、警備部に連絡してくれと言っていたではありませんか。それにも拘わらず手をこまねいていたのは真琴でしょう」

「こまねいていません。あれはキャシー先生が止めたんじゃないですか」

「そうでしたか」

結局連絡を入れなかったのは、直後に騒ぐ相手に繰り出したキャシーの恫喝《どうかつ》が特異で尚且《なおか》つ効果的だったからだ。

「とにかく投石で窓ガラスを割られたのです。傷害でも器物損壊でも、いくらでも言い分が立つでしょう」

「はいはい」

渋々といった体《てい》で外線をかけようと、真琴が受話器に手を伸ばした瞬間だった。

それより早く卓上電話が鳴った。表示を見れば、また総務からだ。

警察への連絡の督促《とくそく》だろうかと嫌気が差したが仕方なく受話器を上げる。

途端に荒井の声が飛んできた。

『大変です』

「どうしましたか。また投石がありましたか」

『それどころじゃありません』

荒井は先刻よりも更に狼狽《ろうばい》している様子だった。

『光崎教授が襲撃されました』

すぐには状況が呑み込めなかった。

「もう一度」

『光崎教授が、大学に来る途中で襲われたんです。たった今、警察から連絡がありました』

不意に足元がぐらついたような錯覚に陥る。それでも姿勢を保っていられたのは、先の緊張の余韻《よいん》が残っていたせいだった。

スピーカーモードなので会話内容は部屋中に聞こえる。終始マイペースを保っているキャシーも、さすがに顔色を失っていた。

『教授が通勤に使っている自家用車が煽り運転を受けて、そのせいでクルマが車線を飛び出して電柱に激突したとかで』

話を聞いているうちに心臓の音が大きくなっていく。高齢であるにも拘わらず、そして毎日のように死と向き合っていながら、光崎ほど死に縁遠い者はないと勝手に決めつけていた己に呆れる。

光崎も当たり前に傷つき、当たり前に死ぬのだ。

荒井との話が終わる前に、キャシーが受話器を捥《も》ぎ取った。

「ボスの容態《ようだい》は。ボスの身体は今どこにあるのですか」

『ちょうど、こちらに向かっている最中とのことです。幸運にも現場から一番近い病院がウチでした』

会話が途中だというのに、キャシーは電話を叩き切る。

「真琴、急ぎましょう。救急外来です」

咄嗟に返事ができなかった。

「でも救急外来はコロナの感染患者の受け容《い》れで飽和状態と聞いています」

「だからワタシたちが行くのですよ」

キャシーはさっさと踵を返す。

「わたしたちが執刀するんですか」

「普段、死体ばかりを相手にしていて、生きた患者の身体にメスを入れるのが怖くなりましたか」

「怖くないですけど、外科手術は本当に久しぶりで正直不安はあります」

「浦和医大には優秀な外科医が少なからずいますから、ワタシたちが無理やりボスの身体を横から奪う必要はありません。しかし」

キャシーはこちらの覚悟を確かめるように真琴の顔を覗き込んだ。

「外来が医療崩壊の一歩手前にあることもまた事実です。もしもの時は他の信頼できる病院に問い合わせる。最終的にはワタシたちがメスを握る事態も考慮しなくてはなりません」

もちろん真琴の側に否やはない。自らメスを握る羽目になったとしても傍《かたわ》らにはキャシーがいてくれる。

今、光崎を失う訳にはいかない。自分を法医学の世界に引き摺り込んだ張本人に死なれたら困る。まだ彼から習得しなければならないことは山ほど残っている。

いや、違う。

今や真琴にとって光崎藤次郎は医学の神ヒポクラテスの体現者であり、精神的支柱とも言うべき存在になっているのだ。

光崎を死なせてはならない。

覚悟を決めろ、真琴。

外来に続く廊下を走りながら、真琴は己を叱咤《しった》する。

決して弱気になるな。

現実から目を逸《そ》らすな。

救急外来に近づくにつれ心臓の音は収まり、代わりに使命感が胸底《むなそこ》から湧き上がってきた。自分の家同然に慣れ親しんだはずの廊下が、今はやけに長い。

外来診療棟に足を踏み入れた途端、野戦病院のような物々しさが漂ってきた。

五月一日現在、COVID-19の感染者一万四千二百八十一人のうち死亡例は四百三十二人報告されている。その多くは既往症を持つ高齢者だが、感染を疑われた外来患者の不安は想像するに余りある。ＰＣＲ検査の結果が陽性であったり、感染症特有の症状が顕《あらわ》れたりした者は死刑宣告をされたような面持《おもも》ちで外来診療に押し寄せている。

おいそれと自身の死を達観できるはずもなく、集《つど》った患者たちは追い詰められた小動物のように怯えている。自《おの》ずと医大職員に対する態度も尖《とが》ったものになる。

「すぐ入院させてください」

「本当は治療薬があるんじゃないですか」

「お願いします。今わたしが死んだら残された家族が」

「どれだけ入院費を積めばベッドを使わせてもらえるのですか」

入院を求める患者と満床状態を説明する職員との間で小競り合いがあり、その騒ぎこそが物々しさの元凶だった。棟内の騒ぎに加えて、外から近付く救急車のサイレンの音で殺気立ってさえいる。

真琴の頭に飽和状態という単語が浮かんだ。医療機関では通常での入院患者と外来の件数を想定してシフトが組まれている。もちろん今回のようなパンデミックは想定外であり、コロナウイルスに感染した患者の対応をしていれば当然のごとく通常の診療は不可能になる。病棟から静謐《せいひつ》さが消え、秩序は殺《そ》ぎ取られていく。それでも医療従事者に求められるのは冷静さと的確な判断ときている。これで精神が疲弊《ひへい》しない方がおかしい。果たして先月辺りから力尽きて辞《や》めていく職員も出始めた。この時期、看護職に就《つ》きたがる求職者も少なく、現場に残る者には更に業務負荷がかかる。まるで絵に描いたような負のスパイラルだった。

真琴とキャシーが待合室の人波の間を縫《ぬ》うように進んでいると、サイレンの音が最大になってから消えた。どうやら救急車が搬入口に到着したらしい。

口の中はからからに乾いている。真琴は懸命に唾液《だえき》を集めて口腔を湿らせる。

「急患、到着しました」

看護師の声とともに搬入口のドアが開かれ、救急隊員がストレッチャーを運んできた。

ストレッチャーに乗せられているのは紛《まご》うことなく光崎その人だった。包帯で顔が半分ほど覆われており、真琴の立っている場所からは怪我の程度が分からない。

「ボス！」

キャシーは全ての障害物を薙《な》ぎ払うような勢いでストレッチャーに向かって走る。真琴も走るが到底追いつけない。

「ボス」

「教授」

キャシーに一歩遅れて真琴もストレッチャーに辿《たど》り着く。光崎は両目を閉じ、眠っているように見える。

「ボス」

再度キャシーが話し掛けた瞬間、いきなり光崎の目と口が開かれた。

「大声を出すな」

驚きのあまり、真琴は息が止まるかと思った。

「病棟の中だぞ。医者が騒いでどうする」

光崎は顔を顰めながら悪態を吐《つ》く。いつもながらの口ぶりに、真琴は安堵《あんど》で腰が砕けそうになる。

「教授、お怪我は」

「ちょっと脳震盪《のうしんとう》を起こした程度だ」

「電柱に激突したんじゃないんですか」

「激突したのはクルマで、わしは多少頭をぶつけただけだ」

会話が噛み合っていないが、光崎の身に大事がないらしいことだけは分かった。

「本人の言うことをあまり信用しないで」

救急隊員も顔を顰めながら言う。

「エアバッグのお蔭で衝撃を吸収できたものの、精密検査をしない限り決して安心はできないのですよ」

「誰に向かって能書きを垂《た》れている」

光崎は目線で自分を縛《し》めているベルトを外すように指示する。従順なキャシーが早速ベルトを外しにかかるが、救急隊員の阻止《そし》により縛《いまし》めを解《と》かれたのは上半身のみに留まった。

「怪我人扱いするな」

いや、クルマで電柱に激突したら普通は怪我人だろう。

「精密検査なら自分でやる。そもそも、こんな老いぼれなんぞ放っておいてもじきにくたばる。もっと若い患者を優先しろ」

そろそろ職業倫理の限界に達したのか、救急隊員の顔には光崎を放棄したいと書いてある。

「ごもっともな理屈だとは思いますが、助ける命に優先順位はつけるなと教えられています」

「ヒポクラテスの誓文か。いい心掛けだが、わしには適用せんでよろしい」

ひと悶着《もんちゃく》起きる前にと、今度は真琴が歩み出た。

「搬送、ありがとうございました。ここからは浦和医大が引き継ぎますので」

ほっとした様子の救急隊員は真琴に申し送りをすると搬入口から出ていった。

遅れてやってきた交通課の捜査員によれば、光崎のクルマにはドライブレコーダーが搭載されておらず、煽り運転をされた事実はまだ確定していないと言う。

「それに被害者の証言では、単なる煽り運転でもなさそうなんですよ」

「どういうことですか」

「日頃から被害者は滅多に追い越しはしないという独自の交通ルールをお持ちだったそうで。どうせ急いだところで到着が数分縮まるだけだ。そんなことで自ら事故の確率を高くしようとする馬鹿の気が知れないと」

いかにも光崎らしい物言いなので、真琴はつい苦笑しそうになる。

「なので今回も被害者は一度も追い越しなどしていません。ところが相手のクルマが追い越し車線に現れるや否や、いきなり無茶な幅寄せをしてきたらしい。それで被害者は回避行動をとった結果、電柱に激突したという訳です。実際、クルマの右側面には相手のクルマに接触された痕跡が残っています」

「それ、煽り運転というより」

「ええ、れっきとした危険運転致死傷罪ですよ。誰かから恨《うら》まれたり憎まれたりされた憶《おぼ》えはないのか訊いてみたのですが」

4

「心当たり、あったんですか」

「あり過ぎて分からん、と言われました」

現在、所轄の交通課では周辺の防犯カメラや目撃情報を集めている最中らしいが、真琴とキャシーには思い当たるフシがある。真琴とキャシーはCT室の前にある長椅子に座って協議する。

「ボスは少なからずメディアに露出していますからね。浦和医大の駐車場を張っていれば、ボスがどのクルマに乗るかは簡単に確認できるでしょう」

キャシーも、偽ワクチンの素性を公表せよと迫る何者かが犯人だと考えているのだ。

「でも、そこまでしますかね」

「自分の側に正義があると思い込んだらどれだけでも大胆にも残酷にもなれる。それが人間というものです。真面目《まじめ》なキャラクターであれば余計にね」

肝心の光崎はと言えば精密検査の真っ最中で尚予断を許さない状況だが、特に外傷もなく話し方も歩き方も普段通りなので二人とも深刻には考えていない。深刻なのはむしろこれからの対処法だった。

「次の襲撃があると思いますか、キャシー先生」

「あることを前提に考えなければリスクマネジメントになりません。最低でも送り迎えに警護をつけるべきでしょうね。古手川刑事を専属のドライバーにするか、いいえ、それよりもパトカーをボスの送迎に使う方がずっと効果的ですね」

この場に古手川や上司の渡瀬がいたら激怒しそうなことを平気で言い放つ。光崎自身が県警の捜査員を下僕《げぼく》のように扱っているが、キャシーもそれに感化されたらしい。さすがにああはなりたくないと思うが、知らないうちに影響を受けている可能性もあるので真琴は不安を覚える。

「ボスがメスを握れなくなれば困るのは県警です。多少の要望は渋々ながら吞むでしょう。いえ、吞ませるべきです」

キャシーがこちらを射すくめるように見ている。真琴から県警に要望を申し入れろという目だった。

「古手川刑事なら間違いなく真琴の願いを聞き届けてくれるでしょう」

「キャシー先生は何か重大な勘違いをしているのではないですか。わたしと古手川さんは別に」

「この期《ご》に及んで、そういう照れ隠しはどうでもいいです。今、重要なのはボスの身の安全を確保するために、ワタシたちがありとあらゆる手段を講じることです。プライベートな事情など、とっとと放棄しなさい」

真琴にしても光崎の身を護るためなら使えるものは全て使う所存だ。だが、肝心の古手川が要望を受け容れてくれるかどうかは分からない。古手川自身の気持ちはともかく、事は県警の運用に関する問題だ。

「古手川さんが自分のクルマで警護する分には何とかなると思うんですけれど」

「ノー、ノー。それでは襲撃者に対する威嚇《いかく》になりません。ワタシとしては国賓《こくひん》並みの厳重警備をしてほしいところをパトカー一台で仕方なく承服しようとしているのですよ」

いったい何様だと思うが、光崎の身を心配しての物言いなので反発する気にはならない。

「問題があるとすれば、古手川刑事に裁量権がないことです。いち刑事の立場ではなかなか上に意見も通しづらいでしょう」

「それは、まあ、そうですね」

「いっそ彼の上司に直談判《じかだんぱん》するというのはどうでしょうか。手っ取り早いし、ダイレクトな分、こちらの思いが伝わります」

渡瀬に直談判だと。

相対《あいたい》する者を殴ることしか考えていないような顔が脳裏に浮かぶ。何度か会って信頼するに足る人物であるのは承知しているが、目の前に立って無理筋の交渉ができるかどうかとなると別問題だ。

「いや、でも、それをするにはわたしが力不足というか」

「最初に言っておきますが、ワタシはああいうパワーハラスメントがジャケットを着ているような人物は苦手なので真琴に頼んでいます」

「わたしだって得意じゃないです」

「ワタシよりは馴染《なじ》んでいるのではありませんか」

このままキャシーに押し切られそうな予感に怯えていると、ＣＴ室のドアが開いた。

「医者が病棟で騒ぐなと言ったはずだ」

中から光崎がぬうっと現れた。包帯は搬送された時のままだが、眼光はすっかり元に戻っている。

「ボス。検査結果はどうでしたか」

「軟部組織損傷には違いないが骨折や頭蓋内出血《ずがい》の類は認められなかった。要はただのたん瘤《こぶ》だ。包帯なんぞ大袈裟だ」

「相手のクルマが接触してきたと聞きました。ボスは狙われています」

「それも大袈裟だな。本当に狙っているのなら、今までにいくらでも機会があったはずだ」

「今回は偽ワクチンという特殊な事情があります」

キャシーから説明を受けると、光崎は嘆くように言った。

「それしきの理由で実力行使に出ようとする輩《やから》がいるのか。情けない。そいつらの頭に常識的判断や分別《ふんべつ》はないのか」

「不安は理性的判断を駆逐します。今回に限らず、ワクチン接種の見通しさえつかない現状では疑心暗鬼に陥ります」

「何だ、単純な話じゃないか。だったら偽ワクチンの成分は砒素だったと公表すればいいだけの話だ」

光崎は事もなげに言う。

慌てて真琴が間に入った。

「でも、それはまだ捜査上の秘密で」

「二体の死因が砒素中毒であるのは県警が公表している。今更偽ワクチンと結びつけたところで誰も驚きゃせん」

「捜査本部はいい顔しませんよ、きっと」

「されても嬉しくない。キャシー先生、今からわしの言うことを大学のホームページに載せてくれ」

「了解しました」


翌日早朝、古手川が教室に飛び込んできた。

「真琴先生、これはどういうことだよ」

既に剣呑な雰囲気を漂わせている。

「浦和医大のホームページを見た。県警の許可もなく、よくやってくれたよ」

古手川はぐいぐいとこちらに迫ってくる。彼の気持ちは理解できる。捜査本部が公表していない事実を何の相談もなくネット上にアップされれば、古手川でなくても抗議したくなるだろう。

光崎がキャシーに命じて浦和医大のホームページに載せたのは次の一文だった。

『市民の皆様へ。

先般、お問い合わせいただいております、未承認ワクチンの成分分析結果についてお知らせします。本来、個別案件については回答を控えていますが、COVID-19が猛威を振るう中、皆様の不安を放置しておくのは本学の本意ではなく、ここに公表する次第です。

司法解剖された二体から検出されたのは紛れもなく砒素でした。他の薬物が何も検出されていない事実から、被害者のお二人が未承認ワクチンと認識されていたものが砒素であった可能性は否定できません。

真相の究明は埼玉県警の捜査を待つしかありませんが、司法解剖を担当した本学法医学教室からは以上をお伝えします。

ネット、あるいは知人友人から未承認ワクチンの購買を勧められた場合、それは砒素である可能性が濃厚です。直ちに警察に通報してください』

「ウチの部長が烈火《れっか》のごとく怒っている」

「渡瀬さんはどうなんですか」

「班長は何も言ってない」

不意に古手川の口調が和らいだ。

「何も言ってないけど顔つきで分かる。あれは、とっくに織り込み済みって顔だった」

「光崎教授が暴露してしまうのを予見していたのかな」

「お互い食えないオッサンたちだからなあ。それは充分に有り得る」

古手川は不貞腐《ふてくさ》れたように舌打ちする。

「捜査本部の立場から言えば、浦和医大の公表は決してマイナス面ばかりじゃない。偽ワクチンは萱場と笹森以外にも売られている可能性がある。そうした人間に警告を発しないと犠牲者は増える一方だ。ところが偽ワクチン＝砒素であることを公表すると、容疑者を特定する根拠を一つ失うことになる。捜査本部のジレンマだな。だから光崎教授がバラしてくれたお蔭でウチは体面を保ちつつ、新たな犠牲者の発生を食い止めることができる。結果オーライってやつだよ」

「その割には冴《さ》えない顔してるよね、古手川さん」

「結果オーライでほくそ笑むのが班長の仕事なら、法医学教室との連携が取れているのかって部長に大目玉食らうのは俺の仕事だよ。割に合わねえ。それより法医学教室への風当たりはどうなったんだよ」

「昨日、ホームページにお知らせをアップしてから、嫌がらせ電話の類は嘘みたいに鳴り止《や》んだって聞いてる。本っ当に現金なものよね」

「じゃあ次はウチだな」

相変わらず古手川は不貞腐れている。

「どうかしたの」

「その手の迷惑ヤロウたちがお知らせ一本で沈黙するはずがないんだよ。法医学教室に抗議できないとなったら、また別の獲物を見つけて騒ぎ出すに決まってる。要は他人を責め立てて手前《てめえ》の不安を解消したいだけだからな」

気の毒になったが、それでも彼らの矛先《ほこさき》が医大から逸れたのはありがたかった。今はCOVID-19関係の診療に傾注している医師や看護師たちに雑音を聞かせたくない。

「早く犯人を捕まえて」

自然に口をついて出た。医療従事者としての怒りが、滅多に言わない言葉を吐き出させた。

「パンデミックで混乱しているのを利用して毒殺を謀《はか》るなんて、まともな人間のすることじゃない。放っておいたら同じ事件を起こしかねない」

「それは俺も同意見だ」

古手川は低い声で応《こた》えた。

「今度の犯人は新型コロナウイルス感染症に苦しめられている者全員の敵だよ」

四　混迷

1

日を遡《さかのぼ》って五月一日。

現場に向かう覆面《ふくめん》パトカーの中で、古手川は真琴からの電話を受けた。真琴は切羽詰《せっぱつ》まった口調で、大学の正門前に不穏な集団が大挙して押し寄せていると訴えてきた。

「悪い。駆けつけたいのは山々だけど。間に合いそうにない。今、都内に向かっている」

『古手川さん、管轄《かんかつ》は埼玉でしょ』

「例の偽《にせ》ワクチン事件が、とうとう東京にまで飛び火したみたいなんだ」

法医学教室に危機が迫っているのなら直《ただ》ちに駆けつけたいところだが、出動命令が下っている以上こちらの案件を優先せざるを得ない。

「こっちの用事が済んだら駆けつけるけど、いよいよとなる前に県警の警備部に連絡してくれ。浦和医大の要請ならすぐに出動するはずだから」

『分かった』

電話を切ってから、今のは少し素《そ》っ気《け》なかったかと反省する。だが法医学教室には他に光崎とキャシーがいる。あの三人なら暴徒が教室に辿り着く前に何とかするだろう。今は目の前の事件に集中するべきだ。

第一報がもたらされたのは今朝早くだった。与党のベテラン議員である久我山照之《くがやまてるゆき》が議員宿舎で倒れ、病院に担《かつ》ぎ込まれた。豪放磊落《ごうほうらいらく》で知られ大臣経験もある人物だ。医師たちは手を尽くして救命に努めたが、その甲斐空《かいむな》しく久我山は息を引き取った。

これだけなら国会議員の急死というニュースで終わっただろうが、問題はその後だ。久我山の症状を不審に思った病理医から警察に異状死の届出がなされ、採取された血液と尿を緊急検査したところ、体内から砒素《ひそ》が検出されたのだ。

知らせを受けた警視庁は最近世を騒がせている偽ワクチン事件を想起し、直ちに埼玉県警に連絡を入れた。事件の専従を任されていた渡瀬の判断は早く、即座に古手川を現場に向かわせた次第だ。

「こっちの事件とはまるで無関係かもしれませんよ」

「その場合はお前が無駄足を踏むだけで済む。結構なことじゃないか」

無駄足ではなく、優秀な部下の無駄遣《づか》いではないかと言いかけたが思い留《とど》まった。渡瀬ともあろう者が無駄足と分かっている現場に手駒《てごま》を遣わすはずがない。何しろ捜査一課は慢性的に人手不足なのだ。

死んだのが現職の国会議員というのも無視できない。しかも久我山は豪放磊落なだけではなく、歯に衣《きぬ》着せぬ物言いで茶の間の人気を博した男だ。その死が世間に与える影響は成金実業家やYouTuberの比ではないだろう。

不意に古手川は渡瀬の言わんとするところを理解した。無駄足を踏むだけで済むなら結構。逆の言い方をすれば、到底無駄足にはならないような重要かつ喫緊《きっきん》の事件と見ているという意味だった。

思わずハンドルを握る手に力がこもる。これまで被害者とされていたのはセレブであったものの彼らの知名度は限定的で、しかも事件は埼玉県内でだけ発生していた。宿舎住まいの国会議員までが被害者になったとなれば、事件は一気に全国的規模に拡大する可能性すらあるのだ。

首都高に向かう道路はクルマがまばらで、まず渋滞の惧《おそ》れはない。

古手川は警告灯を鳴らしながら、少しアクセルを踏み込んだ。


久我山が担ぎ込まれたのは港《みなと》区にある虎《とら》の門《もん》病院だった。久我山が住む新赤坂《しんあかさか》宿舎とは目と鼻の先で、急患となった議員を受け容《い》れるには格好の場所と言っていい。そもそも虎の門病院は文《ぶん》京《きょう》区本郷《ほんごう》の順天堂《じゅんてんどう》医院、新宿《しんじゅく》区信濃《しなの》町の慶大《けいだい》病院と並ぶ、政治家と高級官僚御用達《ごようたし》の病院だ。いずれもＶＩＰ患者専用の個室が用意されており、出入りは厳重にチェックされている。従って取材するのが極めて困難であるため、不祥事を起こしマスコミの追及を逃れたい議員たちが一時避難する場所としても重宝《ちょうほう》がられている。

慣れ親しんだ浦和医大とはずいぶん勝手が違うように思えるが先入観は禁物だ。古手川は雑念を振り払い、虎の門病院へ急ぐ。

病院の正面玄関には既に何台かの警察車両が停まっていた。古手川自身がしょっちゅう浦和医大に出向いているせいか、病院の敷地内に警察車両が並んでいても何の違和感も覚えない。

警察車両以外に目立つのは報道各社のクルマだ。与党の大臣経験者が急逝《きゅうせい》したのだからマスコミが集《たか》るのも無理はない。報道としては関係者の口から何かコメントを取りたいところだろうが、同病院の鉄壁の管理体制の前に足踏みをしているとみえる。

解剖を終えた遺体は霊安室に安置されている。まるでホテルと見紛《みまが》うような内装の院内を抜けると、ふっと人の行き来が絶える場所に出る。院内の静粛《せいしゅく》さとは別の静けさが漂っている。医師や警察官など、人が死ぬ現場を幾たびも踏んだ者だけが感知できる静けさで、声を荒らげる者がいても、すぐ掻《か》き消されてしまう。

果たして霊安室の前では数人が押し問答を繰り広げていた。激情を露《あら》わにして話しているが周囲の静謐《せいひつ》さが喧騒になるのを抑えている。

「だから、どうして主人の身体を返していただけないんですか」

「そうですよ。もう先生の解剖は終わっているんですよね。こちらも火葬や告別式の予定を早々に組まなければなりません。早急にご遺体を返してください」

遺族や秘書と思《おぼ》しき者たちの抗議に抗《あらが》っているのは警視庁の捜査員らしい。

「いや、確かに解剖は済んでいますが、事件性が明らかになった現在、当日の久我山議員の行動並びに指紋や体液採取の必要が生じました。今しばらくお待ちください」

「しかし刑事さん、久我山先生は国民党《こくみんとう》にとってなくてはならぬ存在です。徒《いたずら》に逝去の発表や告別式を遅らせれば、無用の混乱を招きかねません」

「無用の混乱が起きるかどうかは、あなた方ご遺族側の対応如何《いかん》によるんじゃないですか」

俄《にわか》に捜査員の言葉が刺々《とげとげ》しくなる。

「そもそも、あなた方は久我山議員の死を病気によるものと片づけたかったのでは。担当医が異状に気づかなければ、そのまま押し通すつもりじゃなかったんですか」

「いや、それは」

「あなた、第一秘書でしたね。久我山議員は事実を歪曲《わいきょく》して、それを良しとする人だったのですか」

「その言い種《ぐさ》は聞き捨てなりませんね」

双方が睨《にら》み合い一触即発になりかけたのを見て、古手川が間に割って入る。

「お疲れ様です。埼玉県警刑事部の古手川です」

すると捜査員は、ほっと安堵《あんど》したかのようだった。

「お待ちしていました。どうぞ中に」

安置されている死体を埼玉県警も検分するように、警視庁側とは話がついている。さて警視庁側の担当者は誰だろうかと霊安室に入った古手川は、そこで見知った顔に出くわした。

「犬養《いぬかい》さん」

「よお」

犬養は片手を上げて応《こた》える。ずいぶん前になるが、首都圏で被害者が惨殺《ざんさつ》後に臓器を持ち去られる事件が連続して起こり、警視庁との合同捜査でコンビを組んだ相手が犬養だった。

「君と組むのは久しぶりだな」

「この事件も犬養さんが担当でしたか」

「久我山議員とは、ちょっとした縁がある」

犬養の説明によれば、こうだ。

最近、警視庁が手掛けた事件にインチキ自由診療がある。標準治療でも完治しない患者を狙い、科学的根拠のない治療を施《ほどこ》して高額な治療費を請求するという詐欺商法だ。非科学的な理屈を信じさせるには洗脳が必要であり、こうした似非《えせ》診療行為は大なり小なりカルト教団のごとき様相を呈してくる。

「久我山議員は、そのインチキ自由診療に騙された一人だったのさ」

久我山は食道がんを患い闘病を続けていた。食道がんは初期の自覚症状がほとんどないため、発見されにくいがんの一つだ。喫煙やアルコール摂取が主な原因と考えられており、罹患率死亡率ともに男性が女性をはるかに上回っている。

久我山の食道がんはステージ2にまで進行しており、外科手術を施したのだが、その後転移が発見されて完治に至らなかった。彼は放射線治療も併用していたのだが、この治療法は個々人で副作用が大きく異なる。彼の場合は毎日身体中がだるく吐き気が治まらず、委員会に出席しても答弁すら満足にできない日が続いた。それで久我山はインチキ自由診療に引っ掛かったという次第だった。

「義理がたい性格の持ち主だったからな。件《くだん》の自由診療に疑惑の目が向けられた際、わざわざ記者会見を開いて、自分が自由診療の会員であることを公表しちまった。久我山議員とはそういう縁だ」

食道がんが完治していない状態であったのなら、新型コロナウイルス感染症を人一倍恐れていたとしても不思議はない。古手川は先に発生した萱場と笹森の事件に関して判明した事実を全て伝えた。

「コロナに罹ると既往症が重篤化することが分かっています」

「久我山議員が誰よりも早くワクチンを打ちたがっていたとすれば、それが理由になるな」

「家族は久我山議員が偽ワクチンを入手した経緯を承知しているんですか」

「聴取はこれからだが、本人の遺体を一刻も早く荼毘《だび》に付《ふ》そうとしているところをみると、何か隠したがっているとしか思えん」

犬養はキャビネットから遺体を引き出す。古手川は遺体の隅々《すみずみ》まで検分したが目立った外傷はない。ただし左腕に、明らかに素人の手によるものと思しき注射痕が認められる。

「食道がんも砒素中毒も外見ではそうと分からん。だが、その注射痕があったために担当医が疑念を抱《いだ》き、即座に血液と尿を採取し、警察に連絡した」

「家族は、この注射痕を知っているんですか」

「未確認だ。いずれにしても、ついさっきまで鑑識が全身隈《くま》なく調べていた。一つの証拠も見逃さない。追って報告が上がってくるだろうが、俺たちはまず関係者への訊き込みから始める」

事情聴取は病院の別室を借りて行う。最初は妻の久我山恵梨佳《えりか》で、こちらは古手川が訊き手に回ることにした。犬養は言葉を濁《にご》したが、女の嘘を見抜けない欠点はまだ克服できていない様子だ。

久我山には子どもが二人いるがそれぞれ独立しており、議員宿舎に同居していたのは妻の恵梨佳だけだった。久我山の私生活を最も知る人物であり、火葬を急いだ理由も訊き出したいと思った。

「いったい、主人が何をしたと言うんですか」

冒頭から恵梨佳は憤慨《ふんがい》してみせた。

「いつまで経《た》っても遺体を返してくれないと思っていたら、こんなところに閉じ込めて」

「いえ、部屋のドアは開いていますから、別に閉じ込めた訳じゃありません。少しお話を伺いたいだけです」

「話も何もありません。わたしも急なことが連続して頭が追いついていないんです」

恵梨佳の話はよく前後したが要点を纏《まと》めると次のようだ。

二十九日の夜、床《とこ》に就《つ》いた久我山は突如として苦しみ出した。隣のベッドで寝ていた恵梨佳はその苦しみように驚き、すぐさま救急車を呼んだ。運び込まれた先が、ここ虎の門病院だった。深夜の急患ではあったものの、救急チームはでき得る限り手を尽くしてくれた。しかし明け方になって久我山は息を引き取ってしまう。

「本当に急でした。苦しみ出す前はいつものようにテレビのニュース番組に向かって愚痴《ぐち》をこぼしていたんです。それでいよいよ寝るとなったら、突然のたうち回って」

「いつものように、ですか。その前に普段とは違う様子を見せたり、特別な行動をしたりとかはありませんでしたか」

「ありません。普段通りでした」

「久我山議員は食道がんを患《わずら》っておいででしたね。最近のご様子はいかがでしたか」

「お蔭様で小康状態を保っていました」

「自宅療養に切り替えたんですか。いっとき、自由診療に乗り換えたと公表されていましたが」

ふっと恵梨佳の表情が不機嫌なものになる。

「後になってインチキ診療だと分かったので、すぐにやめました。それからはずっと主治医の先生の指示に従って治療を続けていました」

「では、自宅での医療行為は一切《いっさい》ないんですね」

「ええ、処方された薬を服《の》む以外は」

「では久我山議員の左腕に残っていた注射痕は何なんですか」

恵梨佳は表情を変えないまま黙り込む。

「どう見ても医療従事者ではなく素人が打った痕です。それもつい最近です。心当たりはありませんか」

恵梨佳はしばらく沈黙を続けていたが、やがて口を開いた。

「心当たり、ありません」

その口調と素振りで、彼女が隠し事をしていると確信した。

「一緒に生活していて気づかないなんてことがありますか」

「まさか、この歳《とし》になって一緒にお風呂に入る訳じゃありませんからねえ」

「目の前で着替えくらいはするでしょう」

「プライバシーに関わる話は遠慮してください」

どうやらのらりくらりと躱《かわ》すつもりのようだ。それなら単刀直入に訊くしかない。

「既往症を持っている人間にとって新型コロナウイルスは恐怖そのものでしょうね。現にそうした患者が罹患して相次いで亡くなっている。久我山議員も例外ではなかったはずです。違いますか」

「外出時のマスク着用と帰宅時の手洗いや消毒は徹底していました。人に会うことが多い仕事だし、マスコミの目もありますから」

「マスクを着用していても、不特定多数の人間と面談するのなら、どうしても感染の危険性は払《ふっ》拭《しょく》しきれない。闘病中だった久我山議員であればマスクと手洗いだけでは安心できなかったはずです」

「何が言いたいんですか」

「わたしは久我山議員が出処の怪しいワクチンを秘密裏に購入したのではないかと疑っています」

「馬鹿げています」

恵梨佳は言下《げんか》に否定したが、声の動揺は隠しきれない。

「ええ、馬鹿げた話なんですよ。まだ国内で承認されていないワクチンに、事もあろうに現職の国会議員が手を出した。しかもそれが真っ赤な偽物だってんですから、恥の上塗《うわぬ》りみたいなものです」

「久我山はそんな愚《おろ》か者ではありません。生前はリップサービスが過ぎて色々と揉《も》め事を起こしましたが、何より国民のために自《みずか》らを犠牲にすることを厭《いと》わない人間でした」

「国民のために働く。だからこそ今は死ぬ訳にはいかない。その気持ちが久我山議員を愚かな行為に走らせたんじゃありませんか」

「久我山はそんなことはしていないと言っているじゃありませんか。勝手に話を進めないで」

　声の揺らぎは続いている。では追撃あるのみだ。

「わたしは埼玉県警から派遣されています。新聞報道等でご存じかもしれませんが、最近埼玉県内ではセレブが偽ワクチンを打ち、砒素中毒で死亡する事件が相次いでいます。久我山議員の解剖報告書を見ましたが、内容は偽ワクチンを打って死亡した被害者たちの所見と酷似《こくじ》しているんです。注射痕と砒素の検出。この二つを結び付ければ、誰でも思いつく推測ですよ」

「お疑いになるのでしたら、どうぞ調べてください」

　虚勢を張ってはいるものの、恵梨佳は自分が追い詰められているのを自覚しているようだ。

「とにかく、わたしは何も知りませんし、何も聞いておりません」

「今も偽ワクチンを売った犯人は次の被害者を求めて動いているかもしれない。ご主人の敵《かたき》を討《う》ちたいとは思いませんか」

「敵討ち。ずいぶんと古風な物言いをする刑事さんね。そういうのは嫌いじゃありませんよ。でも古風というなら、わたしたちの方が年季が入っている」

恵梨佳は余裕のない笑みを浮かべた。

「仮に久我山が隠そうとしていたことを知っていたとして、わたしがはいそうですかと簡単に口を割ると思いますか。あまり国会議員の妻を舐《な》めないでください」

久我山議員の隠し事を言外に認めた言い方だったが、それでも夫の名誉を護《まも》ろうとする態度は立派だと認めざるを得ない。

結局、恵梨佳の口からは明確な証言を引き出せなかった。

第一秘書の浅倉裕司《あさくらゆうじ》には犬養が当たる。古手川は浅倉の後ろに立ち、彼の所作を観察するのが役目だ。

「浅倉さんはいつから久我山議員の秘書をされているんですか」

「先生が当選十回目の頃からなので、もうかれこれ十年以上お仕《つか》えした計算になります」

「他にも秘書はいらっしゃるんですよね」

「わたし以外には第二秘書と政策担当秘書ですね。三人の中ではわたしが一番の古株です」

「つまり三人の秘書の中では一番久我山議員の人となりをご存じという訳ですか」

「そう受け取ってもらって差し支《つか》えありません」

浅倉の受け答えは恵梨佳とは対照的で、動揺がまるで見られない。淡々とした喋り方で真っ直ぐこちらを見据えている。第一秘書ともなれば虚偽《きょぎ》申告や隠し事も眉一つ動かさずにやってのけるのだろうと、古手川は偏見たっぷりに想像する。

「以前より久我山議員は食道がんであることを公表していましたね」

「ええ、本人が自由診療を受けていたのをカミングアウトしましたからね」

「あの自由診療に纏《まつ》わる事件、わたしが担当していたので詳細を知っています。久我山議員もいっときは病状の進行が止まったと聞きましたが、その後はいかがでしたか」

「所詮《しょせん》、紛《まが》い物は紛い物でしかありません。一進一退と言えば聞こえはいいんですが、がんは徐々に進行しました。件の自由診療がとんでもないインチキだと分かってからは急いで従前の標準治療に戻ろうとしたのですが、さあ再診、手術という段になって新型コロナウイルスですからね。全くついていません」

「食道がんに苦しめられている最中のパンデミックですからね。久我山議員の焦《あせ》りは容易に想像できます。未承認でもワクチンと聞いて手を出さずにいられなかった気持ちは痛いほど分かります」

誘導尋問にしては露骨過ぎると思ったが、次の瞬間古手川はあっと叫びそうになる。

犬養の娘は腎不全《じんふぜん》を患っており、現在は移植ドナーが現れるのを待ち続けている状況と聞いたことがある。既往症を持ち、人一倍新型コロナウイルスを恐れている点では久我山と同じだ。してみれば犬養の言葉は誘導尋問どころか本心ではないか。

相手の気持ちは痛いほど分かる。同じ立場に立った上で、証言を引き出そうとしているのだ。

「どうでしょうか。所詮、闘病の苦しみは本人と家族しか知り得ない」

「容易に想像できると言ったでしょう。このパンデミックによって著名人のみならず一般人も次々に亡くなっている。今世紀始まって以来の異常事態です。これは見えない敵との世界大戦みたいなものです。戦争に巻き込まれているのにのほほんとしていられる人間はいません」

犬養はわずかに身を乗り出した。

「この戦争において既往症を持つ人間は最前線に立たされているようなものです。その一人である久我山議員が徒手空拳《としゅくうけん》であったとは俄《にわか》に信じ難い。豪放磊落ではあったが、一方では戦術に長《た》けていたと評判だった人です」

「それは否定しません」

浅倉は慎重さを崩さずに答える。

「舌禍事件が少なくなかったのでおっちょこちょいと見られがちでしたが、あれは先生のサービス精神が招いた副産物に過ぎません。政界では豪腕と呼ばれ、先見の明も人一倍でした。先生を慕《した》う若手議員も大勢いました。そういう政治的手腕がなければ、小選挙区で十数回も当選できませんよ」

言葉の端々《はしばし》に賛辞が垣間見《かいまみ》えるのは仕方のないところか。犬養はそこを突破口と判断したらしい。

「世評とは違って周到でいらしたようですね」

「それも否定しません。一寸先は闇《やみ》の政界ですからね。言われたように徒手空拳で敵陣に乗り込むような真似《まね》はしません。常に準備を怠《おこた》りませんよ」

「でしょうね。だから、襲い来る新型コロナウイルスの脅威に久我山議員が丸腰でいたはずがない。加えて左腕の注射痕。浅倉さん、久我山議員は未承認ワクチンを入手していたんですよね」

「存じません」

「家族以上に本人と接する時間が長かったあなたが知らないはずはない」

「それでも自《おの》ずと限界はありますよ」

恵梨佳とは異なり、未承認ワクチンに手を出した事実自体は否定しない。ただ証言を拒《こば》んでいるだけだ。おそらく久我山の人物像を穢《けが》さないための配慮に相違ない。

「ねえ、浅倉さん。久我山議員が未承認ワクチンだと信じて購入したのは、何も自分の命が惜しいだけじゃなく、この先も国のため国民のために働きたかったからだと思うのですよ。つまり私人としてではなく公人としての使命感からコロナに打ち勝とうとした。そのためには多少のフライングも必要悪だ。そう考えていたのではありませんか」

「先ほどから申し上げていますが、わたしは知りませんよ」

「既に類似の事件が二件発生しています。興味深いのは、被害者がいずれもセレブであったり社会的地位の高い人物であるという事実です。現に久我山議員が偽ワクチンのために命を落とした。犯人が捕まらない限りこの事件は続きます。それは果たして久我山議員の本意でしょうかね。国民のために働いてきた久我山議員の望むものでしょうかね」

それまで頑《かたく》なだった浅倉の表情に変化が生じる。

「久我山議員が巻き込まれたということは、他の議員も同じ目に遭う可能性があるということです」

「まさか」

「入手経路が不明のままでは当然その惧れはあります。何も敵討ちとまでは言いませんが、久我山議員だったらこれ以上被害を拡大させまいとするんじゃないですか」

犬養の直視に、浅倉は視線を逸《そ》らす。ここが頃合いと判断したらしく犬養は更に畳み掛ける。

「一般市民よりも先にワクチンを打とうとした者に対しては当然バッシングが起きるでしょう。しかし久我山議員ならご自身への悪評より他人の安全、社会秩序の安寧《あんねい》を願うと思うのです。しかし残念ながら久我山議員はもう何もできない。彼の本意を実行できるのは、多分あなたしかいないんだ」

浅倉は俯《うつむ》いてしばらく考え込んだ後、ゆっくりと面《おもて》を上げた。

「少し時間をいただけませんか」

「犯人に時間を与えることにもなりますよ。あなたが迷っている間に、何人が久我山議員と同じ目に遭うか」

犬養の畳み掛けは容赦がない。古手川なら危《あや》うく待ってしまう場面だ。追い詰められた格好の浅倉は、やがて諦《あきら》めたように肩を落とした。

「最初、未承認ワクチンについて話を持ち出してきたのは先生でした。あるサイトから誘いのDMが飛んできた。おカネさえ払えば、中国で開発されたばかりのワクチンを必要としている人間に販売すると」

　証言内容は萱場寧々や藍沢タツキの証言と符合する。古手川は緊張して浅倉の言葉に耳を傾ける。

「実は、限られた者にそうした類《たぐい》の情報提供があるという噂《うわさ》があったんです。閣僚経験者や野党議員に至るまで。ただし実際に購入したという話は聞いていません」

　今は議員個人がＳＮＳで発信する時代だ。彼らをピンポイントで勧誘するなど造作《ぞうさ》もないに違いない。

「多くの議員は無視したのでしょう。しかしウチの先生は藁《わら》にも縋《すが》る思いでＤＭの誘いに乗ったのです。ワクチン一本二百万円でコロナが防げるのなら大した出費ではないと」

　萱場啓一郎の場合は一本一千万円だった。すると偽ワクチンの売人は相手の懐《ふところ》具合によって価格を決めているということなのか。

「取引の方法は」

「指定された口座に二百万円を振り込みます。着金が確認され次第、先方からはコインロッカーの鍵が送られてきました。指定された場所にはわたしが出向き、現物を受け取ってきました」

　予《あらかじ》め品物をコインロッカーに入れておき、入金を確認次第、送金者にキーを送る。古手川の予想はぴたりと的中したことになるが嬉《うれ》しさは微塵《みじん》もない。

「ワクチンを打ったのは」

「二十四日の夕刻です。まだ奥様が外出から戻られていない頃合いを見計らって、宿舎で議員自らが注射しました」

「あなたは、それを目の前で見ていたんですか」

「ええ。今となっては痛恨の極みです」

「その際に使用したアンプルや注射器はどうしました」

「洗面所のゴミ箱に放り込んでおきましたが、もう片づけられているかもしれません。奥様は綺麗好きで、二日に一度は部屋中のゴミを宿舎の集積所に捨ててしまいますから」

聞くが早いか、古手川は他の捜査員に連絡を取り、議員宿舎のゴミ集積所を押さえてもらうように手配する。

「わたしの知っていることはこれが全てです」

「ご協力、感謝します」

「できれば議員が偽ワクチンを購入した事実を公表しないでいただけませんか」

浅倉は深く低頭してみせた。

「確約はできませんが、本部に掛け合ってみましょう」

「仮に公表されれば、先生は晩節を汚《けが》すことになります。それだけの代償を払わされるのです。必ず偽ワクチンを売った犯人を捕まえてください。お願いします」

浅倉が退室した後、犬養が尋ねてきた。

「どう思う」

「真実に近い証言だったと思います。先の被害者遺族の証言とも符合する部分が多かった」

「俺もそう思う。ただし怪しい点もある」

「どこですか」

「久我山議員自らが注射したという件《くだり》だ。その箇所を話している時、急に深く息を吸った。緊張すると心拍が上がるせいで、嘘を吐くと我知らず呼吸が深くなるタイプがいる。ひょっとしたら議員に頼まれた浅倉が注射器を握った可能性もある」

「自分が打った偽ワクチンが原因で議員を殺してしまった。その恐怖心で嘘を吐いたということですか」

「久我山議員も浅倉も、中身が砒素だとは知る由《よし》もなかったから罪にはならない。それよりは罪悪感の方が大きいだろうな。どちらにしても、まだブツがゴミ収集車に回収されていないことを祈ろう」

　だが古手川たちの対応も空しく、問題のゴミは本日の朝に回収されたばかりだったと言う。まさにタッチの差で、物的証拠はゴミの山に埋もれてしまったのだ。

　久我山のスマートフォンを解析してみると確かに何者かからＤＭが送られてきた痕跡はあったものの、相手のアカウントは既に削除されており、追跡のしようもなかった。

2

　翌五月二日になっても鑑識からは目ぼしい報告が上がってこなかった。初動捜査での証拠不足は致命的でさえある。案の定、捜査会議の席上で雛壇《ひなだん》の連中は揃って顰《しか》め面《つら》をしていた。

帳場が立ったのは埼玉県警だが、雛壇に登っている県警の関係者は本部長のみで、他は全員警視庁側のキャリア組で占められている。現職の国会議員が毒殺されたのだから、重大性を考慮すれば警視庁が主導権を握る流れになるのはむしろ当然と言える。

中央に座る村瀬《むらせ》管理官は最も不機嫌な顔をしている。古手川は初見だが、とても彼の笑った顔を想像できない。

村瀬は並みいる捜査員たちを前にして口火を切る。

「先に発生した萱場啓一郎氏と笹森茂留氏の事件に関しては各自の手元に纏めた資料を配布しておいた。報道制限をかけていたにも拘わらず、今回の久我山議員の事件に類似点が多く見られるため合同捜査となった。司法解剖の結果、久我山議員の死因は砒素中毒と判明。左腕に残った注射痕から、本人もしくは医療従事者以外の人物によって打たれたと推測できる。被害者をＤＭで募《つの》る手口、使用毒物、受け渡し方法などが共通しており、三つの事件は同一犯による可能性が非常に高い。別の言い方をすれば、今後も同様の事件が頻発《ひんぱつ》しても何の不思議もない」

村瀬はいったん言葉を切り、捜査員たちの反応を窺うようにこちらを見回す。

「知っての通り、新型コロナウイルス感染症によるパンデミックで市民は恐怖と閉塞の日々を送っている。老いも若きも一刻も早いワクチン接種を望んでいる。しかるに今回の事件は、そうして追い詰められた市民の恐怖を逆手《さかて》に取った新手《あらて》のテロと言い換えることができる。事件が公表されてからというもの、被害者遺族は言うに及ばず多くの国民を恐怖と猜疑《さいぎ》のどん底に落としている。犯人は人々の弱みにつけ込んで我欲を満たそうとする外道《げどう》だ。市民の生命と安全を護る警察として、この犯人を断じて許してはならない。一刻も早く犯人を挙げる」

声を大きくしているでもなければ荒らげているでもない。だが村瀬の発破《はっぱ》は深く静かに、捜査員たちの使命感に火をつけたようだった。

「最初に鑑識から報告を」

立ち上がったのは警視庁の鑑識係だった。

「被害者の死体と議員宿舎、加えて事務所を調べてみましたが、関係者以外の指紋は検出できませんでした。本人所有のスマホを解析しても偽ワクチンを売った相手がアカウントを削除しているので追跡しきれていません。また使用したアンプルや注射器の行方《ゆくえ》は目下《もっか》捜索中であります」

「物品の受け渡しはコインロッカーを介して行われている。場所は特定できているか」

これには警視庁捜査一課の捜査員が応えた。

「場所は岩下町《いわしたちょう》にあるインターネットカフェ付近でした。店の入口横に、放置自転車の抑止策としてコインロッカーが設置されています」

コインロッカーと言えばすぐに駅構内を連想した古手川には、意外な設置場所だった。そして想定外だからこそ当然あるべきものが設置されているとは限らない。

「尚《なお》、当該コインロッカーの周辺に防犯カメラは設置されていません」

声にならない失望が捜査員たちの上に下りてくる。防犯カメラが設置されていないとなれば残る手掛かりは指紋と目撃情報くらいだが、使用頻度の高いコインロッカーだと特定が難しい。そもそも即座にアカウントを削除するほど慎重な犯人が、易々《やすやす》と指紋を残していくとは考えにくい。しかも最近は外出時にマスクや手袋をしていても違和感がない世相ときている。

「カネの受け取りはどうだ。送金したのなら買い手側や金融機関に証拠が残っているはずだ」

この質問には犬養が答えた。

「今回、第一秘書の浅倉氏から証言を得ています。それによれば、送金は暗号資産で実行されたそうです」

またしても失望の空気が広がる。

暗号資産の取引が承認されると当事者の情報や取引額がブロックチェーンに記録され、ネットワーク上で共有される。その意味では透明性の高い市場だが、他方アドレスのみからユーザーの属性（氏名、住所、電話番号、使用する端末等のＩＰアドレス等）を特定するのは困難を極めるのだ。更に、犯人が最初から虚偽の属性を申告している可能性も否《いな》めない。いずれにしても暗号資産の便利さと追跡の困難性を承知しているからこそ、送金の方法に選んだと推察できる。

「鑑《かん》取《ど》りはどうだ」

「浅倉氏以外の秘書、それから同僚議員にも話を聞きました。久我山議員は古参議員にありがちな親分肌で、やり口も強引なので敵は少なくなかったようです。しかし、あくまで政敵であって、殺してまで晴らすような恨《うら》みは持たれなかったというのが衆目の一致するところです。スキャンダルを起こして議員辞職してくれれば万々歳《ばんばんざい》という程度ですね。また家庭にあっては普通の亭主、普通の父親で、遺産目当てに殺害されるような背景は確認できていません」

ないない尽くしの報告が続き、村瀬の表情は険《けわ》しさを増す。おそらく現職議員が殺害された事件ゆえに関係各所からの圧力もあるのだろうと古手川は想像する。

鑑取りならば、まだ誰も追及していない方面がある。村瀬が敢《あ》えて問わないのなら、こちらから逆に質問してもいいのではないか。

古手川が挙手すると、村瀬はおやという顔をした。

「何だ」

「訊き込みの最中、妙な噂を耳にしました。その方面の捜査はどうなのかと思いまして」

「内容を話せ」

「浅倉さんの証言に出てきたんです。『あるサイトから誘いのＤＭが飛んできた。おカネさえ払えば、中国で開発されたばかりのワクチンを必要としている人間に販売すると』。話半分としても偽ワクチンが中国で生産されたという可能性があるのなら、調べてみる価値はあるんじゃないでしょうか」

「とうに着手はしている」

村瀬はこちらを睨みながら言う。

「仮に噂が本当であれば、日本国内より先に中国国内にこの手の犯罪が発生しているだろうからな。だが、現状、噂さえ確認できていない」

わずかに捜査員たちがざわめく。

「向こうにはタチの悪いシンジケートが多数存在している。中国公安部には彼奴《きやつ》らのデータも蓄積されている。だが問い合わせしても無駄だった」

「何故ですか」

「情報統制が強化されている」

どこか諦観めいた響きが聞き取れた。

「新型コロナウイルス感染症の初期対応に関して、中国当局は厳格な情報統制を敷いていた。政策を批判した微博《ウェイボー》（中国版ツイッター）のアカウントを軒並み停止させたかと思うと、ワクチン開発に関するいかなるデータもシャットアウトして噂一つ外部に洩れないように徹底させている。情報を引き出すのは困難だ」

古手川は呆れ半分驚き半分でいた。他の捜査員も同様だろう。

古手川自身は社会主義の国に偏見を持つ者ではないが、ここまでの話になるとさすがに疑念を抑えられない。情報統制を徹底するなど、まるで疑ってくれと自ら言っているようなものではないか。

「従って当分の間は、かの国経由で情報を収集するのは困難と考えた方がいい」


「隔靴搔痒《かっかそうよう》って知ってるか」

捜査会議が終わった後、犬養が話しかけてきた。

「靴の上からしか搔けなくてもどかしいって意味ですよね」

「新型コロナウイルスのせいで人間関係にも情報のネットワークにも障壁ができている。情報というのは人と人の繋がりから発生するものだから、接触が禁則になれば壁ができるのは当然てことだ。隔靴掻痒。まるで現状そのものを言い表しているとは思わないか」

それは古手川も痛感している。偽ワクチンの入手経路を探ろうとしても、コロナ以前のようにはいかない。会いたい証人にはなかなか会えず、市民が外出を控えているので、訊き込みも碌《ろく》に進まない。緊急事態宣言発出後は県を跨《また》ぐ捜査にも制限がかけられているので、足で情報を拾うことも難しくなっている。

以前であれば容易に入手できたものが入手できない。当たり前であったものが当たり前でなくなっている。こうした不満が日々蓄積して、捜査員たちを心理的にも物理的にも抑圧しているのは否定できない。

「材料が少ないですね」

「ああ。まるで前世紀に戻って犯罪捜査をしているような気分だ。もっとも前世紀に刑事をした経験はないけどな。乏しい物的証拠と伝聞だけで捜査を進めなきゃならないのは、シャーロック・ホームズと似たり寄ったりだ」

さてその場合はどちらがホームズでどちらがワトソンなのか。古手川は苦笑しそうになるのを慌てて抑える。

「制限の多い捜査だ。手足を縛られているのも同然。珍しく村瀬管理官が焦るのも道理だ。だが管理官の指摘はもっともだ。犯人は人々の弱みにつけ込んで我欲を満たそうとする外道だ。断じて許しちゃいけない」

古手川は同意の印《しるし》に頷いてみせた。

3

「どんな犯罪であっても、一番疑うべきなのは事件によって一番得をするヤツと相場が決まっている」

　警視庁本部の別フロアに向かう途中、犬養は独り言のように言う。

「今度の場合、一番得をするのは、もちろん偽ワクチンを高価で売り捌《さば》いた人間だ」

「俺もそう思います。でも暗号資産の市場じゃ、アドレスだけからユーザーの属性を特定するのは困難じゃないんですか」

「困難だから諦めるのは君らしくないし、俺の流儀でもない。まずはその道のエキスパートに可能性を確かめてみようじゃないか」

　二人が向かった先はサイバー犯罪対策課だった。刑事部屋を訪ねると、犬養と懇意《こんい》らしい男がすぐに対応してくれた。

「はじめまして。サイバー犯罪対策課の延藤《えんどう》です」

　延藤という男は理知的な顔立ちをしており、刑事というよりはシステムエンジニアといった印象だ。犬養と親しげに話している内容から、かつて別の捜査で協力体制を敷いたことが知れた。

「古手川さんでしたね。合同捜査、お疲れ様です」

「早速《さっそく》ですが、暗号資産の受領者を追跡する手段について教えていただけませんか」

「先に捜査一課からも問い合わせがきていました。昨日の今日で捜査にあまり進展はないのですが、それでよろしければ」

自分のような若輩者《じゃくはいもの》に対しても慇懃《いんぎん》な物腰に好感が持てた。

「構いません。どちらにしても暗号資産については素人なので」

「その辺の椅子を使ってください」

古手川と犬養を座らせてから、徐《おもむろ》に延藤は説明を始める。

「暗号資産の市場は意外なほど透明性が担保されているという事実はもうご存じでしょう。暗号資産の中でも代表的なビットコインを例に取ると、ブロックチェーンから任意の取引を行ったアドレスを識別し、そのアドレスが使用された取引を抽出《ちゅうしゅつ》することができます。要するに名寄《なよ》せですね」

「つまり、犯人が偽ワクチンの売買代金を受領した記録が全部検索できるということですか」

延藤の説明が本当なら、萱場や笹森が代金として暗号資産を支払った記録も入手できる。上手くすれば三つの事件が同一犯の仕業《しわざ》であることが立証できるではないか。

だが延藤の回答は甘い期待を打ち砕いてくれる。

「お気持ちは分かりますが、アドレスの生成には制限がないので、同一ユーザーが複数のアドレスを用いて取引することが可能です。慎重な犯人なら取引毎《ごと》にアドレスを使い分けるでしょうね。そもそも単体のアドレスからユーザーの属性を推定するのが困難なのに、捜査対象とするアドレスが多くなれば当然追跡は更に困難になります」

説明が分かりやすい分、古手川はがっくりと落胆する。捜査会議での困惑が倍加して肩に伸し掛かる。

「ただし期待できる要素も残されています。ブロックチェーン上の情報は永遠に残るので、追跡する技術が新たに開発された際には有効なツールになります」

「その、新たな技術が開発される目処《めど》は立っているんですか」

「世界的な試みは既に始まっているんです。暗号資産についてはマネーロンダリング対策（AML）とテロ資金供与対策（CFT）の国際基準となる金融活動作業部会（FATF）が去年新たな規制基準を発表しました。トラベルルールというもので、送金元の取引事業者が暗号資産を送付する際に送受金者の個人情報を記録するという規則です」

「でも、そのルールはまだ試験的な段階なんですよね」

「残念ながら。しかし取引事業者において暗号資産を法定通貨に換金する際、ユーザーが身元を明かさなければならないという大前提は現状も生きています」

延藤は気落ちするどころか、勝負は始まったばかりだと言わんばかりだった。

「今回、送金は第一秘書の浅倉氏が実行したので、相手方のアドレスが判明しています。従ってそのアドレスの監視を続けていれば、法定通貨に換金した時点で暗号資産取引事業者に照会すればいい」

「でも、犯人がすぐに換金するとは限らないでしょう」

「ウチは基本的に待ちの仕事ですから。相手が尻尾《しっぽ》を出すまではひたすら忍《にん》の一字《いちじ》」

延藤は平然と言い放つ。従前から捜査一課とサイバー犯罪対策課の相違は聞かされているが、担当者に明言されると反論するのも憚《はばか》られる。

「偽ワクチンで次々に被害者が出ているのに、何を呑気《のんき》にと思っているでしょうね」

「そんなことは」

「職域分担と考えた方がいいかもしれません。犯人はセレブだけでは飽き足らず、現職の国会議員にまで手を出してきた」

温和に見えた延藤の顔つきが俄《にわか》に険しくなる。

「暗号資産の秘匿性に護られて、自分は絶対に捕まらないからと犯罪を繰り返す。そういう輩《やから》の尻を蹴っ飛ばしたいというのは、わたしも同じですよ。慎重な犯人なら捜査一課の動きもチェックしているはず。犬養や古手川さんたちが動けば、必ず何らかの反応を見せる。その時こそウチの出番です」

古手川たちが追い込む先には、延藤が網を張って待ち構えている。所謂《いわゆる》追い込み漁というやつだ。

「犯人は、ちゃんと反応してくれますかね」

「それこそ一課の腕の見せ所でしょう」

やられた。

古手川が振り返ると、犬養がにやにや笑っている。ただ説明を聞きにきたつもりが発破をかけられた格好だが、最初から仕組まれていたようだ。

「分かりました。延藤さんこそ、ちょっとやそっとじゃ破れないような網を用意しといてください」

「多少は元気が出たみたいだな」

一課のフロアに戻る際、犬養が脇腹を小突いてきた。

「何ですか、さっきの三文芝居《さんもん》は」

「県警単独捜査から合同捜査にまで拡大すると、自分の方向性に迷いが出るヤツがたまにいる。大所帯になって命令系統も変わるからな。君は猪突猛進《ちょとつもうしん》型だから心配はしていなかったが、村瀬管理官はなかなか気難しい」

「気難しいだけなら、ずいぶんマシですよ」

即座に渡瀬の顔が思い浮かぶ。あの上司の前で迷いなど見せた日には、何が飛んでくるか分かったものではない。

「ああ、そう言や君の班長は渡瀬さんだったな。失礼した。やはり俺ごときが心配するまでもないか」

「これからどうしますか」

「幸い、俺は遊軍扱いで、ある程度の裁量が許されている。地取《じど》りでも鑑取りでも自由だ」

「それなら、もう一度事情聴取したい相手がいます」

「久我山議員の奥さんだな」

「どうして分かるんですか」

「俺も、あの事情聴取は中途半端に終わったと反省している。『あまり国会議員の妻を舐めないでください』だったか。あの気迫に圧《お》されて話を詰められなかったのは汗顔《かんがん》の至《いた》りだ」

「秘書の浅倉も全部を告白したとは思えなくて」

「久我山議員が自《みずか》ら注射したという件だな。ああ、あれは間違いなく誰かを庇《かば》っている。久我山議員以外の人間に泥を被《かぶ》らせたくないんだろう。それが議員の遺志だと信じているのかもしれない」

　互いの意見が一致したのを確認すると二人はある場所に向かった。明確な根拠はなかったが、久我山の関係者を攻略する材料をあたるには最適の場所と思えたからだ。


「懲《こ》りないわね、あなたたち」

　久我山恵梨佳はドアを開けるなり、古手川と犬養を辛辣に出迎えた。

「申し訳ありません。現場百回というのが俺たち刑事のスローガンみたいなものでして」

「秘書の浅倉さんから捜査に必要なことは全部聴取したでしょ」

「全部じゃありません」

　訊き手に回った古手川は応接間で恵梨佳と対峙する。

「浅倉さんは久我山議員が未承認のワクチンを自分で注射したと証言しました。しかし俺たちは違うストーリーを考えています」

「久我山は右利《き》きで、注射痕は左腕にありました。何も矛盾《むじゅん》はないと思いますけど」

「矛盾はないですけど不自然なんですよ。浅倉さんの証言はこうでした。『二十四日の夕刻です。まだ奥様が外出から戻られていない頃合いを見計らって、宿舎で議員自らが注射しました』。久我山議員が自分で打ったとだけ証言すればいいものを、何故わざわざ奥さんの不在時であったことを強調したのか」

「強調も何も、その通りだったからです」

「せめて奥さんは巻き込むまいとした、浅倉さんの気遣いだったんじゃありませんか」

「家族でも、ましてや夫婦でもない他人が何を考えているかなんて、わたしに分かる訳ないでしょう」

恵梨佳は徹頭徹尾否定する。だが彼女の反応は古手川たちも織り込み済みだ。

「奥さんの仰《おっしゃ》る通りです。肉親でもない他人の考えなんて分かるはずがない。でも、だからこそ理解しようとする努力が必要だと思います」

古手川は持参したカバンの中から一冊の書籍を取り出す。表紙を見せられた恵梨佳は、一瞬目を丸くした。

「『宰相論《さいしょうろん》』久我山照之」

「どこでそんなものを見つけてきたの。もうとっくの昔に絶版になったと聞いているけど」

「先生の事務所です。少しでも久我山議員を理解したくて借りてきました。今から十五年も前に刊行されているんですね」

「久我山が入閣した翌年、総裁選があったんです」

恵梨佳は懐《なつ》かしむように言う。

「マスコミは総裁候補の一人として久我山を挙げました。もちろん党本部の意向とは別にですよ。でもマスコミが取り上げる程度には人気があったんです」

「新書サイズで、己の政治理念や当時の問題点について書かれていますね」

「久我山は、総理総裁を視野に入れた議員の名刺みたいなものだと言ってました。ああ見えて筆まめな方だったから、ゴーストライターでも口述筆記でもなく、自分で原稿のマス目を埋めていったんですよ」

「奥さんはお読みになられたんですか」

「刊行された当初に。でも、さすがに内容は忘れてしまいました。堅苦しくて堅苦しくて、普段の久我山を見慣れているからずいぶん違和感がありました」

仕事とプライベートで見せる顔が違っているのはよくある話だ。国会議員という特殊な業種なら尚更《なおさら》だろう。

「俺も読みました。議員さんの書いた本は初めて読みましたけど、面白かったですよ」

「ありがとうございます。久我山に聞かせてやりたいわ」

「奥さんは違和感があると仰いましたが、いち国民としては感銘を受ける箇所が多々ありました。たとえばこの一文です」

久我山の著作を苦労して読んだのは本当で、ここぞという箇所にはしっかり付箋《ふせん》を貼っておいた。

「『ここに言う公務員とは、国会議員、大臣、裁判官をはじめ立法、行政、司法の各部に属する全ての職員を含みます。つまり広く国及び地方の公務に従事する者の全てを指すと解されている訳で、私も当然公務員という立場なのであります。では公務員とは何か、そしてどんな使命を担《にな》っているのか。言うまでもありません。公務員とは公僕、つまり公衆に奉仕すべき者なのです』」

相手の相槌《あいづち》も確かめないまま朗読を始めたが、恵梨佳は黙って聞き入っている。

「『奉仕する立場の者が驕《おご》りたかぶれば早々に堕落《だらく》の穴が足元に広がり、私欲に走れば司直の手が伸びてきます。だが、それを知りながら驕りたかぶり、私欲を満たさんとする議員は後を絶ちません。きっと彼らは自身を公僕ではなく、選民か何かだと勘違いしているのでしょう。選挙の時には平身低頭し、当選した途端に威張り散らす。逆です。選挙の時は胸を張って政治理念を説き、当選したら市民と同じ目線に立ち、彼らの代表として物を言う。貧しき人を救い、病める人に寄り添う。それなくして何が公僕でしょうか。繰り返しますが、我々は国民に奉仕する僕《しもべ》であります。そのためには刻苦勉励《こっくべんれい》はもちろん、病魔《びょうま》などに蝕《むしば》まれない頑健な肉体を持たなければなりません。何故なら、任期中のこの肉体は国民に奉仕するために与えられたものだからでありま
す』」

「そろそろやめてくださらないかしら」

内容を思い出したらしく恵梨佳は蚊《か》の鳴くような声で求めてきたが、生憎とここでやめるつも

りは毛頭ない。

「『やや格好をつけてしまうが、私は議員でないのならいつ天に召されても構わないと思っています。精一杯に働き、その上で死が訪れるのであれば、それこそ天命と思うからです。しかし国会議員である間は絶対に死にたくないし病気もしたくない』」

「もう、やめてください。その先は読まないで」

「『国会を病欠すればするだけ、私を選んでくれた有権者の声を届けられなくなる。死ねば、彼らの投じた票までも死んでしまうことになる。私はそれが耐えられない。国会議員である限り、生きて、生きて、この身を国と国民のために捧げたいと思うので』」

「やめてっ」

絶叫と思える声に、古手川は読むのをやめる。犬養はと見れば、もう充分だというように片手を上げている。

「結構、意地が悪いのね。警察って」

「嫌な気持ちにさせてしまったのなら謝ります」

「こうでもしないと、わたしが真実を話さないと思ったの」

「国会議員の妻を舐めるなと啖呵《たんか》を切られましたから。こちらも相応の覚悟をしたまでです」

「筆まめだけど、決して器用な人間じゃなかったんですよ。言行一致というか、この本に書かれているのは普段から本人が言っていたことです」

往年の夫を思い出したのか、恵梨佳の声は打って変わって優しさと哀しみを帯びている。

「昔気質《むかしかたぎ》というか面倒見がいい一方で、おっちょこちょいでリップサービスのつもりでつい余計なことまで喋ってしまう。昔の話を美化してしまう。お蔭で若手の議員さんからは老害だなんて陰口も叩かれていたと聞きました」

「確かによく新聞やネットで騒がれましたね」

「非難される一方で褒《ほ》められもしたんですよ。毀誉褒貶《きよほうへん》は議員の勲章《くんしょう》なんだと本人は言ってました。政治家の仕事には必ず一定の批判がついて回る。仕事をすればするほど非難される。万人《ばんにん》が納得する仕事なんかないからそれは当然なんだというのが、あの人の口癖でした」

どんな仕事をしても批判がついて回る。それは警察の仕事も同じなので、思わず古手川は頷きそうになる。

「そういう信念があったから、誰に何を言われようとも久我山は我が道を行きました。国のため国民のために粉骨砕身頑張っていたのは本当なんです」

「その気持ちが未承認ワクチンに手を出させたんですね」

「久我山はコロナ対策本部に身を置いていて、一日も休めるような立場ではなかったんです」

これは古手川も犬養も聞き知っていた。久我山たち対策本部の面々は雇用調整助成金上限額の引き上げなどの特例措置について原案を纏め、野党側とすり合わせをしている真っ最中だった。国民経済の疲弊《ひへい》ぶりを鑑《かんが》みれば待ったなしの状況が続いており、担当の一人であり、既往症を持つ久我山が人並み以上に新型コロナウイルスに用心していたのは想像に難《かた》くない。

「いきなり飛び込んできたＤＭに、開発したばかりのコロナワクチンを適価で譲ると書いてあればふらっとなります。何度も言いますけど、我が身可愛さからじゃなく国のために働きたかったからです。そんな久我山をわたしは止められなかった」

不意に恵梨佳は俯き、しばらく黙り込む。古手川も犬養も口を挟まず、ただ彼女の口が開くのを待ち続ける。

「何より国民のために働きたかったんです。そのために、人に先んじて接種する罪悪感を押し殺して打ったワクチンが毒物だったなんて。こんな非道な話ってありますか。国や国民に尽くしてきた久我山があまりに惨《みじ》めで可哀想《かわいそう》で……」

再び言葉が途切れたと思ったら、今度は嗚咽《おえつ》が洩れ始めた。犬養と視線が合い、放っておくより仕方ないと諦めた。

「お見苦しいところをお見せしました」

ようやく泣き止《や》んだ恵梨佳はひと言断ると席を立った。まさかこの期《ご》に及んで逃げるとは考えにくく、二の足を踏んでいたら恵梨佳はすぐに戻ってきた。

「これを」

彼女が差し出した包みを解くと、古手川と犬養は目を見開いた。

中には空《から》のアンプルと使用済みの注射器があった。

「まだ捨ててなかったんですか」

「洗面所のゴミ箱にまだ残っていたんです。下手《へた》に処分する訳にもいかず隠しておいたら、捨てるタイミングを失ってしまいました」

仔細《しさい》に見ればアンプルにも注射器にも残滓《ざんし》が確認できる。古手川は腫《は》れ物《もの》に触るような手つきで証拠袋の中に収める。

「注射はわたしが久我山に打ってあげたんです」

恵梨佳は覚悟を決めたように、二人を正面から見据えた。

「今際《いまわ》の際《きわ》に、久我山がわたしと浅倉さんに言い残したんです。誰にも迷惑をかけたくないから、自分で注射を打ったことにしておいてくれって」

古手川たちが抱《いだ》いた違和感はやはり正しかった。死人に口なしではあるが、この供述には信《しん》憑性《ぴょうせい》が感じられる。

「これは犯人逮捕に役立ちますか」

「もちろんです」

アンプル等に残っている薬剤に砒素が含まれていれば、犯人が砒素を送りつけた物証となり、毒物及び劇物《げきぶつ》取締法違反で逮捕できる。

「だったら、必ず敵を取ってください」

恵梨佳の視線はひどく鋭かった。もし視線が実体化していたら、二人とも間違いなく射貫《いぬ》かれているだろう。

「捜査の過程で、久我山議員が未承認ワクチンを入手していたことが公表されるかもしれません」

「構いません。それで主人やわたしたちの無念が晴らせるのなら。久我山のことです。最初は非難轟々《ごうごう》となるでしょうけど、理解してくれる支持者はちゃんと理解してくれると信じています」

「支持者への信頼が厚いんですね」

「久我山を信頼してくれる人を信頼しなくてどうするんですか」

恵梨佳は昏《くら》い情念の漂う目で古手川たちを見る。濃厚接触が憚られる今でなければ、力強く両手を握られそうな場面だった。

二人が退出しようとする際、声を掛けられた。

「もう家具の類を片づけていいですか」

意味を図りかねて、古手川は訊き返した。

「警察の人から現場保存とかでしばらく物を動かさないでくれと言われました。できればすぐにでも荷物を纏めたいんです」

引っ越しですかと尋ねそうになり、改めて自分は粗忽者《そこつもの》だと呆れた。部屋の借主である久我山が死んだのなら、残された家族は当然部屋を明け渡さなければならないではないか。

ここで犬養が訊いた。

「お子さんが二人いらっしゃいましたね。どちらかが地盤を引き継ぐというのはないんですか」

「二人とも国会議員だけは死んでもなるものかと言ってます」

恵梨佳は苦笑して言う。

「父親が世間から叩かれるのを散々見ていますからね。それに、政治家は家業じゃないといつも久我山が申しておりました」

議員宿舎を後にしても古手川はしばらく黙りこくっていた。口を開けば、汚い言葉を吐きそうな気がしたからだ。

「どうした、古手川くん。考え事か」

「改めて三人の被害者について考えていたところです」

「聞こうじゃないか」

「成金実業家に人気YouTuberに老政治家。彼らが一般人に先んじてワクチンを入手したことは間違いなく反感を買うでしょう。でも、三人にはそれぞれ生き延びなければならない理由があった。もちろん抜け駆けしていい理由にはなりませんけど、結局は三人とも犯人に足元を見られた。逆の言い方をすれば、犯人は人の弱みにつけ込んで私腹を肥《こ》やすクソ野郎ってことです」

青臭いと言われるかと覚悟したが、意外にも犬養は頷いてみせた。

「実を言えば、俺も騙された三人を責める気にはなれん。誰だってコロナには罹りたくないし死にたくもない。既往症を持っている者なら尚更だ。闘病というのは常に崖《がけ》っぷちに立たされているようなもので、本人は怖くて怖くてしようがない。藁《わら》にも縋《すが》りたい気持ちを逆手《さかて》に取って、犯人はワクチンと称して砒素を与える。陰険で悪辣《あくらつ》なやり口だ。人の命なんか屁《へ》とも思っていない」

静かな口調の中に滾《たぎ》るような怒りが聞き取れる。彼の娘の置かれた状況を考えれば当然の反応だった。

「コロナ禍で皆が疑心暗鬼になり、毎日発表される感染者や死亡者の数に怯えている。今度の犯人はそれを高所から見下ろして嘲笑《あざわら》っているように見える。そいつが何とも腹立たしい」

自分も相当腹を立てているが、犬養の怒りは更にそれを上回っているかもしれない。

「犯人がどんなヤツかはまだ分からんが、世間の不安に乗じた犯行態様はテロと大差ない。俺たちに逮捕されたら感謝してほしいくらいだ。世が世ならリンチにされても文句は言えない」

4

『久我山議員　死去』

『未承認ワクチンを入手か』

ネットニュースには義憤なのか悪意なのか判然としない見出しが躍《おど》っていた。

出勤してきたキャシーが横から声を掛けてきた。

「古手川刑事が言っていた、東京にまで飛び火した偽ワクチン事件とはこのことでしたか」

「そうみたいですね」

実業家の萱場や人気YouTuberの笹森でも大概だったが、今度の被害者は現職の国会議員だ。自《おの》ずと警視庁との合同捜査となり捜査本部は大所帯になる。古手川は集団行動が不得手な男なので苦労するに違いない。

「為政者《いせいしゃ》が関係したとなると、事件の扱いが一段上がってくるでしょうね。場合によっては政治問題になりかねません」

キャシーは真面目な顔で不穏な予言を口にする。

「normalな状況下でも特権階級に対する反感は相当なものです。これがabnormalな状況下で起これば、アメリカなら暴動ものです」

「まさか」

真琴は冗談で済まそうとしたが、どうやらキャシーは本気で言っているらしい。そう言えば彼女の母国は割に暴動が頻発《ひんぱつ》している印象がある。

「アメリカには絶えず戦争があり、あからさまな人種差別があります。abnormalとnormalの繰り返しなので、暴動に慣れてしまった面もあります」

日本とはお国柄が違う、と言いかけてやめた。つい先日、大学の正門前で似たような出来事に遭遇したばかりではないか。

「身に覚えがあるという顔をしていますね、真琴」

「最近、実体験をしたので」

「議員死亡のニュースはテレビや新聞でも報じていました。どこも、犯人より特権階級を許せないという論調でした」

今しがた真琴が見たネットニュースも同様だった。露骨ではないものの、記事の端々《はしばし》から久我山議員への非難が読み取れる。犯人よりも被害者を糾弾《きゅうだん》しようとしている時点で、既に異様な状況だと思った。

「COVID-19の影響なのでしょうか、この国もアメリカの状況に近づいた気がします。戦争に縁のない、表向き平穏なこの国で暴動はとても珍しい事件です。でも、今は日本でさえabnormalな状態なのです。それを忘れてはいけません」

「先日の正門前の事件より大きな揉め事が起きると言うんですか」

「心構えは必要ですよ」

キャシーは机の上に置いたバッグの中から、見慣れぬものを取り出した。

スタンガンだった。

「備えあれば患《うれ》いなし」

「どうしたんですか、それ」

「通販で買いました。念のために二台買いました。真琴もどうですか」

「いいえ、結構です」

「そう言わずに」

無理やり押しつけられ、真琴は仕方なくスタンガンを受け取る。見かけよりはずっと軽量で、握りの部分が手の平に馴染《なじ》む。女友だちから痴漢《ちかん》対策用に持ち歩いていると聞いたことがあるが、まさか自分が手にする時がくるとは思ってもみなかった。

「でも真琴にはナイトがいるから、そんなものは必要ないかもしれませんね」

「何を言ってるんですか」

噂をすれば何とやらで、ちょうどその時古手川が教室に入ってきた。

「二人とも話し中のところを申し訳ない」

「だ、大丈夫なのでっ」

真琴は慌てて取り繕《つくろ》うが、この唐変木《とうへんぼく》は何も気づいていない様子だった。

「分析してほしいものがあるんです」

古手川がポリ袋を取り出す。キャシーが中身を検《あらた》めると、ガラス瓶《びん》に入った液体が収められていた。

「これは何の試料ですか、古手川刑事」

「もうニュースでご存じでしょうけど、国民党の久我山議員が偽ワクチンを接種して死亡しました。その試料はその残りです」

「前に解剖した二体から検出された砒素と比較したいということですね」

「今更の感は否めませんが、試料と問題の砒素の成分が一致すれば、未承認ワクチンと称して売られていたのが砒素であるという更なる物証になります」

「堂々と犯人の罪を問えるのですね。ＯＫ、任せてください」

キャシーはポリ袋を摘《つ》まみ上げると、分析室に飛び込んだ。あの勢いならすぐにでも結果が出そうだと思った。

試料を委《ゆだ》ねた古手川は気の抜けた様子で手近な椅子に座る。

「何だかとても疲れているみたいだけど」

古手川と二人だけの時、真琴は砕けた喋り方をする。いつ頃からかは忘れたが、今はこの方が自然な気がする。古手川も満更《まんざら》ではなさそうなので続けている。

「はは、朝っぱらから情けないったらないな」

古手川は試料を入手した経緯を話し始める。久我山議員が妻を庇った件は彼の意外な一面を垣《かい》間見《まみ》た気がして心地《ここち》よかった。

「だけどこの話、外に洩れた瞬間に美談では済まなくなるからなあ。マスコミや世間に叩かれて奥さんや第一秘書は火ダルマにされちまう」

「キャシー先生曰《いわ》く、今この国はアブノーマルなんだって」

今しがたキャシーと交《か》わした会話を繰り返すと、古手川は複雑な表情を見せた。

「日本の事情がアメリカに近づいたという説は納得しない訳にはいかないな。久我山議員の死亡を報じたニュースを観ると実感する」

「もうすぐ暴動が起きるかもしれないって」

「全然、笑えないや。キャシー先生も冗談で言ったつもりはないんだろうけど」

古手川は疲れたように笑ってみせる。

「ウチの班長が言うことには、アメリカで発生した犯罪は五年後に日本で起きるらしい。麻薬汚染、少年犯罪、ネット犯罪、みんなそうだ。例外なのは銃乱射事件くらいのものだ。ところが新型コロナウイルスのせいで、五年の猶予《ゆうよ》期間が消えた。昨日アメリカで起きた事件が今日日本で起きても不思議じゃない。皮肉な話さ。新型コロナウイルスという天災が世界の距離を縮《ちぢ》めちまったんだからな」

古手川が珍しく疲れた様子なのは、世界に絶望しているからか。

真琴も偉そうなことは言えない。今こうしている間にも浦和医大の外来はCOVID-19に感染した患者やPCR検査を求める者で鈴なりになっている。関係者の中には、過重労働に耐えきれず職場を去る者も出始めていると聞く。

今、医療現場は最前線だ。正直に言えば不安で堪《たま》らない。法医学教室は普段から完全防備だが、それでもCOVID-19に罹患した遺体を解剖する際には余分な緊張が走る。医療従事者からコロナ患者が出たという話は、既に珍しくなくなっている。

いつ誰が死んでもおかしくない現実に真琴は怯える。毎日司法解剖に精を出しているのは、身体を動かしている最中だけは恐怖を忘れられるからだ。

明日も誰かが死んでいく。

それは自分かもしれない。

それは古手川かもしれない。

想像するだけで胸が締めつけられる。

「わたしも朝から疲れてるみたい」

真琴は古手川の横に座る。それだけでずいぶん安心できた。

「真琴先生にはどんな事情があったんだ」

「似たような話。今、医療の現場ではシリアルキラーが起こすよりも大勢の死者が出ているのよ」

「そりゃあ気が滅入るよなあ」

「犯人がシリアルキラーなら古手川さんが逮捕して一件落着だけど、COVID-19はそういう訳にいかない。仮にワクチンが開発されたとしても、すぐに変異してしまう」

「逮捕しても逮捕しても、殻《から》だけ残して逃げ続けられるって寸法か。なるほどシリアルキラーよりタチが悪いや」

「ホントに疲れた」

しばらく二人の間に沈黙が続く。不安や愚痴を口にするのは、もう飽きた。今はこうしているだけでいいと思った。

今日は正門前の抗議集会もないのか、キャンパス内は静謐な空気に包まれている。遠くからはCOVID-19の感染など気にも留めない鳥たちの囀《さえず》りが聞こえる。人間が感染症で次々に死んでいっても、自然は普段の営みを続ける。その事実がまた真琴の恐怖を誘う。

静寂から先に抜け出したのは古手川の方だった。

「だけど、いつまでも情けない姿は見せられないよな」

こちらに向けられた顔に、既に疲れの色はなかった。

「俺も真琴先生もここでへたばる訳にはいかない。俺たちが偽ワクチンを売った犯人を捕まえないと、また次の犠牲者が出る。真琴先生もコロナ患者の遺体を解剖し続けないと感染症から病死に至るまでのシステムが解明できない」

「……そうね」

「何より、鬼より怖い上司が許しちゃくれない。試料の分析が終わり次第、報告を上げるように命令されている」

「渡瀬さん、合同捜査になってやりにくくなったんじゃないかな」

「あの人に限ってそれはない。雛壇には座らないけど、会議室を出たら埼玉県警も警視庁も関係なく刑事たちの尻を叩いてる」

渡瀬の顔を思い出すと、その様子が容易に想像できた。

「いずれ日本でもワクチン接種が行われるようになる。その前にワクチンに不信感を抱かせるような事件を解決しなきゃならないそうだ」

「あんなに怖い顔していて、いつも正論なんだよね渡瀬さん」

「光崎教授も似たようなものじゃないか」

「お互い、とんでもない人を上司に持っちゃったね」

「しょうがないさ。部下は選べるけど上司は選べない」

二人が苦笑を交わした時、キャシーが意気揚々《いきようよう》と戻ってきた。

「ビンゴです、古手川刑事。この試料と二体から検出された砒素は成分が完全に一致しました」

途端にバネ仕掛けのように古手川が立ち上がる。

「感謝します、キャシー先生」

キャシーが大急ぎで作成した成分分析表を握り締め、古手川は教室を飛び出していった。

「相変わらず真っ直ぐなポリスマンだこと」

「本当に」

「もう少し分析に時間をかけた方がよかったですか、真琴」

「何を言ってるんですか」

「非常時でも、いいえ、非常時だからこそ潤《うるお》いが必要なのですよ」

キャシーは家族に向けるような穏やかな笑みを浮かべる。

「真琴も古手川刑事も休息しなければなりません。医療従事者から次々に戦線を離脱する者が出ているのは、彼ら彼女らに休息が与えられなかったからです。身体的な休息、精神的な休息、そして経済的な休息。どれ一つ欠けても完全な休息とは言えません」

キャシーの言い分はいちいち的を射ている。新型コロナウイルス感染症で国全体が疲弊している今、誰もが三つの休息を必要としている。どれか一つでも底を突いた者から職場を離れていく。

「現実の戦争でも、最前線で戦う兵士は交替制なのですよ。ＷＷⅡ（第二次世界大戦）でもアメリカ兵士は前戦に派兵されたら六カ月勤務、六カ月バカンスの二交替制でした。COVID-19と闘うワタシたちは休息もできずに、どうしろというのですか」

キャシーのような人物が労使交渉に当たってくれればと思うが、きっと本人は嫌がるだろう。

「二つ目まではともかく、最後の休息には人事部の協力が必要ですね」

「それは残念ながら後回し。大学側も財政がピンチらしいですから。ともかく、この事件が一段落したら、二人でデートにでも出掛けなさい。それがあなたたちにとって最高のリフレッシュになるでしょう」

「でも、偽ワクチン事件、未だに容疑者さえ浮かんでいないという話なんですよ。古手川さんが休みを取れるなんて、まだまだ先のことじゃないですかね」

「今は、ね」

キャシーは意味ありげに言う。

「これは完全にワタシの憶測なのですが、真琴。この事件のピリオドはそう遠くない気がするのですよ」

五　宿痾《しゅくあ》

1

『偽ワクチンの販売サイトが特定されたらしい』

犬養からの知らせを受けて、古手川は警視庁へと直行する。サイバー犯罪対策課には既に犬養が先着していた。

息せき切って到着した古手川を見て、延藤は申し訳なさそうな顔をする。

「販売サイトが見つかったと聞きました」

サイトの特定さえできれば、運営している個人なりグループなりの素性を辿れる。古手川が期待するのも当然だった。

「ダークウェブを含めて捜《さが》しに捜し回りました。こういう時期なのでコロナ関連の胡散臭《うさんくさ》いサイトが雨後《うご》の筍《たけのこ》のように乱立しています。国内のみならず海外のものを含めれば、千や二千では済まない」

延藤の口ぶりからサイトの特定に相当な労力が払われたことが窺《うかが》える。

「人が弱っている時、困っている時につけ込んで販路を拡大する。どこかの新興宗教とやり口は同じか」

犬養の皮肉に延藤が苦笑しながら頷く。

「ワクチンが承認されていない今が絶頂期といったところでしょう。中国科学院武漢《ちゅうごくかがくいんぶかん》ウイルス研究所の科学者を名乗るサイトあり、シノファーム（中国医薬集団）とシノバック・バイオテック（科興控股生物技術）が開発したワクチンを二回分七百五十ドルで販売するという広告あり、その豊富さに目移りさえする。どのサイトにも共通しているのが、支払いは暗号資産を指定していることです。当然と言えば当然だが、逆に言えば独創性がない。その点では砒素《ひそ》を偽《にせ》ワクチンと称して売り捌《さば》いた何者かも同類と言えます。やっていることはあくどいが、特段に狡猾《こうかつ》とは思えない」

「その手の詐欺《さぎ》はまだまだ増えそうだな」

「米製薬大手ファイザー社がワクチン開発に成功すれば、国内で供給が始まります。それまで国内の偽ワクチン市場は活況を呈《てい》するでしょう。非常に腹立たしいですがね」

二人のやり取りを聞いていた古手川に素朴《そぼく》な疑問が浮かぶ。

「販売サイトがそんなに多いのに、どうやって当該のサイトを特定できたんですか」

「逆行しているサイトがあったからですよ」

延藤は二人をパソコンの前に誘う。画面には、何やら怪しげな名称のサイトの一覧が表示されていた。

「さっきも言った通り、偽ワクチン市場は今が書き入れ時です。にも拘《かか》わらず、突如として閉鎖してしまったサイトがあります。潮流に逆らう動きは監視して然《しか》るべきでしょう。いくつか対象候補に挙がりましたが、我々が着目したのはこのサイトでした」

延藤が画面上で指したのは〈中華疫苗研究所〉というサイトだった。

「でも延藤さん。顧客とトラブルを起こしたとか、中国当局に検挙されたとかで閉鎖した可能性もありますよね」

「もちろん。しかしサイトの閉鎖が五月二日だったとしたら古手川さんはどう思いますか」

五月二日と言えば久我山議員の死亡が大々的に報じられた日ではないか。

「議員の死亡を受けて埼玉県警のみならず警視庁も捜査に乗り出した。サイトを運営する側とすれば手仕舞いを考えてもおかしくない。捜査の手が及ぶ前にトンズラしようという寸法ですよ」

それでは推測の域を出ない。古手川がそう言おうとした寸前、延藤自らが説明を加えた。

「閉鎖されたサイトもウェブアーカイブを利用すれば閲覧可能です。本来、閉鎖してしまったサイトはサーバーからファイルが消えてしまっているので端末からは確認できません。逆に言えばファイルさえ確認できれば閲覧できるという意味です。ウェブアーカイブには閉鎖してしまったサイトのファイルも含めて保存されています」

ウェブアーカイブの最大手は〈Wayback Machine〉というサイトで、件《くだん》の〈中華疫苗研究所〉もここに保存されていたのだという。

「〈中華疫苗研究所〉のやり口は、これと決めた個人に向けてＤＭを送るというものです。通常、この手の販売サイトでは無作為に何千何万というアカウントを対象にするはずですが、奇妙なことに〈中華疫苗研究所〉はたった十五人にしか営業をかけていません。その十五人の中に萱場啓一郎と笹森茂留、そして久我山照之の名前があったんです」

古手川は犬養と顔を見合わせる。なるほど、その三人を顧客としているのなら十中八九《じっちゅうはっく》間違いない。

「当該サイトから管理人のアドレスを辿《たど》っていますが、やはり海外サーバーを経由しているので一筋縄《ひとすじなわ》ではいきません」

ぬか喜びに落胆した古手川に対し、犬養はあくまでも前向きだった。

「しかし朗報もある。接触した顧客が判明しているのなら、彼らに対して注意喚起ができる。少なくともこれ以上の被害は防げる」

「同感です。残り十二人のアカウントは比較的追跡が容易です。二日もあれば個人を特定できますよ」

「至急、データを揃えてください。捜査本部には俺から上申しておきます」

言うが早いか、犬養は古手川を連れて刑事部屋を出る。

「少し気落ちしているみたいだな」

「販売サイトまで判明しましたからね。あとちょっと手を伸ばせば犯人に届くとばかり思い込んでいました」

「それは俺も同じだ。しかし、新たな犠牲者を出さずに済むだけでも大きな前進だと思わないか」

「そりゃあ、まあ」

古手川は言葉を濁《にご》す。

新たな事件が発生しなければ捜査本部が攪乱《かくらん》されることもない。だが一方で、新たな証拠物件も生まれない訳で、いいことずくめとは限らない。

「犯人は逃げたんだ」

犬養は尚も積極的な姿勢を変えない。

「久我山議員の死去がこれほど捜査態勢に影響を及ぼすとは考えていなかったのかもしれん。いずれにしても自分の手に余ると判断したんだろう。逃げれば追いかけるだけだ」

前回にも増して犬養がやる気を見せているのは、病魔《びょうま》に怯《おび》える者の恐怖を利用した犯罪が許せないからに相違ない。身内に重篤《じゅうとく》な患者を抱える犬養としては、他人事《ひとごと》とは思えないのだろう。

犬養の娘は腎不全《じんふぜん》を患《わずら》って、今も総合病院に入院中と聞いている。総合病院であればこのコロナ禍の中、外来にはＰＣＲ検査の対象者と罹患者《りかんしゃ》が押し寄せていると思われる。以前からの入院患者に対するケアも行き届かなくなるだろうし、逆に新型コロナウイルスに感染する確率は高くなる。犬養にしてみれば心労が絶えない状況のはずだ。

「そういえば最近、娘さんのお見舞いに行けていませんね」

「病院側からストップがかけられている」

犬養は忌々《いまいま》しそうに言う。

「入院患者に二次感染するような事態は避けたいと、従来以上に厳重な隔離態勢をとっている。

当分はたとえ家族であっても面会謝絶だとよ」

「切ない話ですね」

「娘が感染してしまうことを考えたら、病院の指示に従うしかない」

しばらくの沈黙の後、犬養は痛みを堪《こら》えるような表情を見せた。

「コロナ患者の葬式がどんな風に行われるか知っているか」

「国から指針が出ているのは聞いてます」

「ああ。臨終《りんじゅう》から火葬に関わる業務継続のため、関係者に慎重な感染対策を求める内容だ。専門家は遺体からは感染しないと明言しているにも拘わらず、エビデンスに基づいた指針が出されていないから、警察案件の遺体でもないのに納体袋に詰められたまま荼毘《だび》に付《ふ》される」

先に被害に遭った萱場啓一郎の遺体の扱われ方を思い出す。三密《さんみつ》を避けるために、葬儀は身内だけの限られたものとなる。その身内でさえ遺体には容易に近づけないという。

「納体袋に入れられると、遺体に残存している体温で内側が曇るから表情が見えない」

「俺、実物を見ましたよ」

「その上、棺《ひつぎ》に入れた後は隙間《すきま》なく目張りをするから、最後のお別れもできない。指針に沿って葬儀会社の職員も火葬場に運ぶ搬送業者もゴーグルにマスクに防護服と完全装備させられている。しめやかな葬儀とは程遠いそうだ」

萱場の遺体を見ている古手川は同意するしかない。葬儀というよりも、これでは実験動物の焼却風景ではないか。

「死者の尊厳も何もあったものじゃない。地獄の獄卒《ごくそつ》だって、もう少し優しい」

「今や現世は地獄以下ですか」

「そんな中でもひと儲《もう》け企《たくら》んでいるヤツは必ずいる。ひょっとしたら人間は鬼より恐ろしい生き物なのかもしれない」

犬養の嘆《なげ》きが胸に残った。


延藤は仕事が早く、翌日の夜には〈中華疫苗研究所〉の顧客十二名の素性《すじょう》を明らかにした。中には本名をアカウント名にしている著名人も存在したが、いずれにしても本人かどうかの確認は不可欠だった。

十二名の内訳は、国会議員二名、芸能人五名、会社経営者三名、プロスポーツ選手二名だった。

彼ら彼女らなりに恐怖心を抱《いだ》いていたらしく、捜査本部が任意出頭を求めるとほとんど全員がこれに応じた。ただし、事情聴取に対する回答には各人に相違があった。

「〈中華疫苗研究所〉からＤＭが飛んできたのは確かだ。しかし国民がコロナで苦しんでいる中、自分だけが優先して安寧《あんねい》を得る訳にはいかない。当然のように断ったとも。ああ、断った。久我山先生は元々持病があったから、未承認ワクチンを購入したとしても誰も責められんよ。わしも持病があれば彼と同じ行動を取っていた」

「あの、実はわたしも一本だけ申し込んでいました。それまでは気楽に構えていたんですけど、身内にコロナ患者が出て急に危機感を覚えたんです。ちょうどその頃、〈中華疫苗研究所〉のDMを受け取って。はい、一本百万円という価格でした。値段も手ごろだったので試しに一本だけ。ところが久我山先生の報道を聞いて、すぐにキャンセルしようとしたんです。でも既にサイトは閉鎖されてキャンセルどころか連絡もできませんでした。あの、わたしは何か罪に問われるのでしょうか」

「ほら、今年に入ってから著名な同業者が次々にコロナで死んでいるでしょ。ただでさえ三密対策で仕事が激減しているのに、この上感染して死ぬなんて泣きっ面《つら》に蜂《はち》じゃないですか。ええ、芸能人特権だと陰口叩かれるのは重々承知してますってば。だけどね、俺たちは大勢のお客さんを相手にしてナンボの商売なんですよ。人一倍感染に気を遣うのは当然でしょうが。そんな時ですよ、DMが届いたのは。ワクチン一本が幾《いく》らかは書いてなかったので委細はメールで問い合わせろって話なんですね。それで何本か購入しようとはしましたけど、具体的な話をする前にサイトが閉鎖しちゃって。まあ、今となっては命拾いしたと思ってます。昔っから悪運強いんスよ、俺」

「未承認のワクチンを買うことには、正直躊躇《ちゅうちょ》もありました。芸能人だから特権を行使しているとは見られたくないし、非難もされたくないんですよー。でも、わたしがコロナに罹《かか》って万が一にも死ぬような羽目《はめ》になれば、事務所や関係各所以外にも、ファンに迷惑が掛かるんですよ。ひょっとしたらわたしの後を追って自殺するファンが出るかもしれない。だからわたしがコロナから自衛するって、不特定多数の人たちのためでもあるんです。だから〈中華疫苗研究所〉からのＤＭはちょっと真剣に読んじゃいました。あ、でも購入はしませんでした。ＤＭの謳《うた》い文句だけではワクチンの効能が不明確だったんで、詳細な資料を送ってほしいと返信したところ、連絡が途絶えちゃったんです」

「わたしはねえ、ちょっと肺を患っておるんですよ。長らくヘビースモーカーでしたから、喫煙《きつえん》の愉《たの》しみと健康を交換した訳です。そのことに後悔はありません。ただ持病持ちである分、どうしてもコロナウイルスには人一倍警戒する訳ですよ。いやいや、わたし一人の命ならね、こんなものどうだっていいんですよ。どうせ人間は一人で生まれてきて一人で死んでいく訳だから。しかしね、こう見えてわたしの会社は五千人の社員とその家族を抱えておるんです。今わたしが死ねば、その五千人の社員と家族は路頭に迷いかねない。従って、わたしがコロナウイルスに打ち勝つことは社員とその家族の生活を護ることと同義なんですよ。ええ、〈中華疫苗研究所〉とやらには暗号資産で送金しました。五百万円ほどでしたか。ところが送金したものの、現物を送ったという返事がこない。詐欺かもしれんと怪しんでいるうちにサイトが閉鎖されておったんです。全くひどい話です。そうは思いませんか」

「新型コロナウイルスは、まさに僕たちアスリートにとっても恐怖の大王ですね。ある日、降臨して人類に災《わざわ》いをもたらす。遅れて的中したノストラダムスの大予言ですよ。僕らは団体競技だからどうしても選手同士は密着せざるを得ない。魅《み》せるスポーツだから大観衆の中でプレイするのが大前提。自《おの》ずと新型コロナウイルスには一般人よりも過敏に反応してしまいます。絶対に感染しちゃいけない。感染したが最後、チーム全体に迷惑がかかるし、ただでさえ試合数が激減しているのに下手《へた》をすれば出場停止にもなりかねない。未承認ワクチンに手を出そうとしたのも、そういう背景があってこその話なんです。決して自分だけ助かろうだなんて思っていませんよ。ええ、ホントに」

対象となった十二名の事情聴取を終えると、捜査本部は各人に家宅捜索を打診した。最初は困惑していた対象者も、既に三名もの被害者が出ている事実を突き付けられると渋々同意した次第だった。

実際に家宅捜索を行った結果、一軒からは廃棄済みのアンプルが発見された。持ち主は某国会議員で、未承認ワクチンを買ったはいいものの、久我山議員死去の報道がされた当日に現物を入手したものだから怖くなって廃棄したと白状した。

こうして十二名の顧客についてはひとまず無事が確認できたものの、彼らには次なる試練が待ち構えていた。言わずと知れたマスコミ攻勢だ。

十二名の素性については捜査情報として秘匿されていたはずだが、これが不思議にも外部に漏洩《ろうえい》してしまった。スクープを抜いたのはまたしても〈埼玉日報〉だ。

『著名人　偽ワクチンを入手か』

記事には任意出頭に応じた十二名のうち会社経営者三名を除いた九名の氏名が公表されていた。国会議員をはじめ芸能人やプロスポーツ選手はみなし公人としての扱いだったが、公表された側は堪ったものではなかった。

まず国会議員だが、国民に優先してワクチンの恩恵を受けようとしたとして国会質問で矢面《やおもて》に立たされた。件の二議員は懸命な釈明に終始したが到底理解は得られず、叩きに叩かれた。国民がマスクさえ買えない時期と重なっていたため、非難の声は普段にも増して苛烈《かれつ》だった。彼らの後援会は一様《いちよう》に非難声明を出し、哀《あわ》れ二議員は自《みずか》ら離党する羽目となった。国会議員としての立場を奪われるものではないにしろ、次の選挙で辛酸《しんさん》を舐《な》めるのはほぼ確実だった。

次に五名の芸能人だが、世間の風は彼らにも冷たかった。後追いのかたちで女性週刊誌が中傷じみた記事を書き立てたが、元より一般市民を蔑《ないがし》ろにする行為であったため、記事のえげつなさを窘《たしな》める声は少なかった。ライブ出演を控えていた者は出禁を申し渡され、CM契約は軒並み解除の憂《う》き目《め》に遭った。未承認ワクチンの入手は不倫や違法薬物所持と同等のスキャンダルに認定され、ファンクラブも解散、仕事を失《な》くした彼らには莫大《ばくだい》な違約金が爪《つめ》を研《と》いで待っていた。早々《はやばや》と芸能界引退を表明する者もいたが、誰も同情しなかった。

プロスポーツ選手に対する風当たりも厳しかった。入手の如何《いかん》に拘わらず未承認ワクチンを肯定したのはドーピング肯定と同義であるとの声が高まり、所属クラブは彼らの試合出場に懸念を示したのだ。芸能人のケースと同様、彼らを起用したCMは放送中止を余儀なくされ、本人たちは異議を申し立てたものの、CMキャラクターとして求められるイメージを自ら崩壊させた彼らに抗弁の余地はなかった。

古手川の目には、世間とマスコミの反応はいささか異様に映った。メディアスクラムどころではなく、一般市民までもが集団リンチに参加しているような印象を受けたからだ。

法医学教室でこの話をすると、横で聞いていたキャシーが持論を述べた。

「タイミングが悪過ぎます。国民が飢《う》えている時に『パンがなければケーキを食えばいい』とほざいた王妃のようなものです」

今回はキャシーの喩《たと》えも適切だと、古手川は感心した。

「感染者や死者の数が増加する一方で、未だにワクチン接種の目処が立っていない。それでも日本人は辛抱する国民性だから、じっと耐えている。この、耐えているというのが問題です。閉鎖空間の中で蓄積されたエネルギーは出口を探す習性を持っています」

「その出口が未承認ワクチンに関与した十二人という訳ですか」

「閉塞されて内圧が高まっているので、エネルギーはより凝縮《ぎょうしゅく》されます。平常時には単なるとばっちりで済む問題が過剰にクローズアップされて攻撃されているのは、今があまりに異常だからです。アンラッキーとしか言いようがありません」

大学正門前の抗議活動で神経をすり減らした人間の言葉なので説得力は半端《はんぱ》ではない。真琴も我が意を得たりとばかりに頷いている。

「太古エジプト文明では、伝染病は神が与えた試練だという考えがありました。それは古代ギリシアの時代に否定されるのですが、今回のCOVID-19の感染状況を観察していると、神の試練という考え方も満更ではないと思えてきます」

「神の試練、ですか。何だかキャシー先生らしくないな」

言い過ぎたと咄嗟《とっさ》に悔やんだが、意外にもキャシーは頷《うなず》いてみせた。

「否定はしません。今回ばかりはワタシも神の意思を意識せざるを得ません」

「各地で大勢の人間が死んでいるのにですか」

「どうやってCOVID-19を克服するのか。治療法を発見できるのか、できないのか。今後の対応が世界の将来を決めるのだとすれば、やっぱり試練としか言いようがありません。いいですか、古手川刑事。神は人が乗り越えられない試練は与えないのですよ」

何だ、そういう意味だったのか。

「神の試練である限り、人類は必ずCOVID-19を克服するとワタシは信じています。ただし、それが来年になるのか五年先になるのか、ひょっとして世紀を跨《また》いでしまうのかまでは分かりませんけど」

「それこそ神のみぞ知るってやつですか」

「NO。知っているのは神ではなくワクチン開発の最前線に立っている者です」

いつものキャシーだと安堵《あんど》していると、真琴が言葉を継いだ。

「一つ付け加えるとですね、古手川さん。伝染病は神の試練という考えを否定した古代ギリシア人の一人がヒポクラテスだったんですよ」

神の試練に挑むヒポクラテスとその末裔《まつえい》か。

俄《にわか》に真琴とキャシーが頼もしく思えてきた。

2

偽ワクチンの被害者である三名に加え、名前を公表された九名に対する風当たりは一向に和《やわ》らぐ気配を見せなかった。国会議員に芸能人にプロスポーツ選手、それぞれの世界で実力さえ発揮できれば安定した地位を確保できていたものを、スクープ一本で吹き飛ばされてしまった。

実名の公表を免《まぬが》れた会社経営者たちも似たような処遇を受けていた。世間一般には知られずとも、身内から噂《うわさ》は拡がっていく。ネットニュースが伝えるところによれば、株主である個人投資家たちの多くが懸念を表明し、来《きた》る株主総会では当該の会社経営者を含む経営陣の刷新を議案として提出する予定だという。いずれにしても逆風の中に立たされ、今までのように安穏《あんのん》としてはいられないだろう。

偽ワクチンを打ったかどうかではなく、DMを送られただけで有罪とされ、社会から制裁を受ける。さながら中世の魔女狩り《まじょが》を見ているようで、古手川は暗澹《あんたん》たる気持ちになる。

その日、古手川は渡瀬に命じられて情報漏洩《ろうえい》の元を探っていた。

「捜査情報がいちいち洩れたら、証拠隠滅《いんめつ》や逃亡を招く惧《おそ》れがある。そうでなくても鬱陶《うっとう》しい」

渡瀬らしい物言いだが、頷けないことはない。実は古手川も同じ気持ちだったのだ。

捜査の方法は至って初歩的だ。これはと目をつけた対象を尾行し、情報漏洩の証拠を摑《つか》む。配属されたばかりの新人にもできる仕事を敢《あ》えて古手川に命じたのは、相手が海千山千《うみせんやません》の人物だからだ。

尾行を開始したのは浦和区のオフィス街だった。〈埼玉日報〉本社付近で張っていると、ランチタイムを過ぎた頃に、貧相な小男が正面玄関から姿を現した。

尾上善二だった。

緊急事態宣言が発出されてからというもの各企業ではリモートワークを進め、新聞社もその例外ではなかった。出社する者は以前の三割程度になり、外食産業も停止しているから、ランチタイムであってもオフィスに出入りする人影はまばらだ。

さながらゴーストタウンの様相を呈《てい》する街を、尾上は表通りから外れていく。行き来する者が少ない分、尾行を悟《さと》られないように古手川は注意を配る。

尾上は更に脇道に入る。この界隈は古手川にも土地鑑がある。サラリーマン目当ての飲食店が軒を並べ、いい匂《にお》いをさせていた一帯だ。しかし今やほとんどの店が休業し、漂ってくるのはうそ寒さだけだ。

やがて尾行対象は一軒のカラオケボックス店に入っていった。カラオケ店も休業を余儀なくされたが、それぞれ個室で仕切られているという構造でもあり、飲食店が閉めている昨今でも細々と営業を続けている店がある。

尾上が入店して数分してから、古手川はそれに続く。

「いらっしゃいませ」

早速、男性従業員が笑顔を向けてきた。この時期に訪れる客は貴重に違いない。

古手川は申し訳ない気持ちを押し殺し、警察手帳を呈示する。

「今しがた入店した小柄の男が入った部屋を教えてください」

男性従業員は笑みを引っ込めて、尾上の向かった部屋を教えてくれた。

「一〇三号室です。あの、犯人逮捕とか、そういう局面なんでしょうか」

警察沙汰は迷惑極まりないと顔に書いてある。

「捕《と》り物《もの》にはなりませんからご安心ください」

古手川は目当ての部屋へと足を進める。防犯上の理由からか、各室ともドアの窓から中が覗《のぞ》けるようになっており、こちらとしては都合がいい。

一〇三号室の前に立ち中を覗くと、果たして尾上が密会相手と言葉を交《か》わしている最中だった。防音がしっかりしているから話し声は外に洩れていない。だが、こうして密会の事実を摑めば目的は達成したも同然だ。古手川はいきなりドアを開けた。

「おや」

こちらに振り向いた尾上は一瞬驚いたようだが、すぐにいつもの軽薄な笑みを取り戻した。

「どうやら尾行《つけ》られていたみたいですね。これほど人の行き来が乏しい中、尾行に気づけないとはワタクシも堕《お》ちたものです」

どこかこの成り行きを楽しんでいる風の尾上に対し、密会相手は慌てて退路を探しているようだが、生憎《あいにく》ドアの前には古手川が立ちはだかっているので逃げることは敵《かな》わない。

「あんた、前の事件じゃ後頭部をしこたま殴打《おうだ》されただろ。その後遺症じゃないのか」

事件の被害者に配慮するのは古手川の少ない美点の一つだが、尾上だけは例外だ。どうせ自分の悪口など子守唄にしか聞こえまい。

「ワタクシが彼と通じていると、どうして分かりましたか」

「教える必要があるか。知りたけりゃ自分で調べるんだな。それが仕事だろ」

「あなた、古手川さんに疑われるような素振《そぶ》りでも見せたのですか」

尾上は密会相手を責めるように見た。

「あんな下衆《げす》な記事をスクープできるのは〈埼玉日報〉の中であんたくらいのものだろう。偽ワクチンの正体が砒素であるらしいこと。そして任意出頭に応じた九人の素性。最初のは署名入りだったが、署名がなくてもあんたが書いた記事なのは丸分かりだと班長が言ってたよ」

「お誉《ほ》めにあずかり光栄です。しかし古手川さん。上品だろうと下衆だろうと、事実を報道するのがワタクシの仕事でしてね。彼から情報を聞き出したことは何ら違法行為ではありませんよ」

「分かっている。用があるのは彼の方だ。なあ、鈴村さん」

浦和署の鈴村は古手川の視線から逃《のが》れるように顔を背《そむ》けた。

「どうして、こんなヤツに情報をリークしたんだ。もっとまともな警察官だと思っていた」

「いやいや古手川さん、彼は至極まともですよ。ワタクシも不良刑事とつるみたいとは思いません」

「あんたは黙っていろ。なあ教えてくれ、鈴村さん。ひょっとして捜査本部の方針が生温《なまぬる》くて我慢できなかったのか」

しばらく沈黙していた鈴村は、ようやく観念した様子で口を開く。

「そんなんじゃないですよ、古手川さん。俺は単純にあの九人を世間に曝《さら》してやりたかっただけなんです」

もう逃げはしないと判断し、古手川は鈴村の正面に腰を下ろす。

「あの九人に恨みでもありましたか」

「九人だけじゃない。萱場啓一郎も笹森茂留も久我山照之も、全員が憎たらしくて堪らなかった。全世界がコロナに苦しめられ、ワクチンの接種を今か今かと待ち望んでいるのに、彼らはセレブという理由だけで優先的に助かろうとしている」

上級国民とやらに対する嫉妬《しっと》だったか。大した理由ではないので古手川は拍子《ひょうし》抜《ぬ》けした。

「リークの代償は」

「代償なんてありません。ブン屋からカネをもらうようになったら、いよいよダメ刑事になってしまう」

「おやおや。えらい言われようですね」

尾上は呆《あき》れたように肩を竦《すく》める。

「いつからですか」

「萱場啓一郎の事件を担当してから、尾上さんにコンタクトを取りました。捜査情報をリークするから、必ずトップ記事で扱ってくれと。とにかく萱場たちの選民思想を多くの一般市民に知らせたかった。コロナ禍で皆が途方に暮れていても、自分だけ助かろうとする不届き者がいると指弾したかった。それだけのことです」

意地っ張りな子どものような口調を聞いているうち、思いついたことがあった。

「鈴村さん。あなた、身内にコロナの感染者がいるんじゃないか」

鈴村の表情が強張《こわば》る。どうやら的中したらしい。

「母親が」

腹から絞《しぼ》り出すような声だった。

「先月、母親がコロナで肺炎を併発して亡くなりました」

それで合点《がてん》がいった。

「鈴村さん、それは逆恨《さかうら》みです」

「分かってます。分かってますすよ、そんなことは。でも萱場がカネにあかせて自分の生命《いのち》と健康を担保しようとしていたと知ったら、落ち着いていられなくなって」

この先を訊くのは酷というものだろう。必要な証拠は摑んだのだから、これ以上鈴村を責めても意味がない。

「情報漏洩の件、自分で捜査本部に報告してくれますか」

「そうするより他になさそうですね。古手川さんが連行するんですか」

「ご免《めんこうむ》被りますね。一人で行ってください」

鈴村は古手川に一礼すると、すごすごと部屋を出ていった。後には古手川と尾上が残された。

「彼、厳罰処分ですかね。ま、ワタクシにはどうでもいい話ですが」

「情報収集に利用した癖に冷たいんだな」

「利用されたのはワタクシの方ですよ。鈴村さんの話、聞いていたんですか」

「あんたみたいにメシの種にする目的よりは、ずいぶんマシじゃないのか」

「ご冗談を。個人的な恨《うら》み辛《つら》みを晴らすためだなんて一番非生産的で愚《おろ》かな動機ですよ。商売のため、部数を売るためと割り切った方がどれだけ健康的か」

「あの、読者を嫌あな気分にさせる記事が健康的だと言うのか。大した自己評価だよ」

「毒にも薬にもならない記事より、よっぽど生産性があります。現に九人の素性を知った大衆は彼らに向けて怒りを爆発させている」

「それが生産的なのか」

「怒りは貧乏人に与えられた最後の娯楽なのですよ」

駄目だ。

尾上の話をする時、渡瀬が凶悪な顔になる理由が分かる。人の醜《しゅう》悪《あく》な部分を見せつけられるようで怖《おぞ》気《け》を震《ふる》うのだ。

「貧乏でなくても、昨今では皆が鬱《うっ》屈《くつ》しています。行きたいところにも行けず、会いたい人にも会えない。目に見えないウイルスの脅威に怯え、出口の見えない将来に悲観する。そういう状況ではガス抜きが必要不可欠です。普段からお城のような邸宅に住み、美酒美食の生活に明け暮れている萱場啓一郎氏たちのようなセレブにも、たまにはガス抜きの役目を担《にな》っていただかないと」

別段セレブたちの肩を持ちたいとは思わないが、聞き流すのは癪《しやく》だった。

「さすがに左翼系の新聞だな。金持ち連中は全員、一般市民の敵って訳か。いかにもな編集方針だよ」

「リベラルで売っているのは認めますがね、この手の記事が読まれるのは階級格差以外の要素も含んでいるからです」

「そんなものがあるのか」

「皆、口に出さずとも納得はしているのですよ。国会議員はカバン、看板、地盤が必要、なろうとしてなれるものじゃない。商才と努力がなければ富裕層にはなれない。何かの才能がなければ芸能人やプロスポーツ選手にはなれない。たまさか彼らを中傷するのは、許容範囲のガス抜きでしかないのを知っている」

こちらの感情を逆撫《さかな》でするような物言いだが、反論しようとしても言葉が出ない。己《おのれ》の語彙《ごい》の乏しさに苛立《いらだ》つばかりだった。

「だからこそ、今回の偽ワクチン入手は許し難いのですよ。地位の違いも収入の多寡《たか》も認めざるを得ない。それでも諦《あきら》めがつくのは、死や病苦だけは誰にでも公平にもたらされるからです」

どきりとした。かつて自分が真琴に告げたことと同じ言葉を、尾上が吐いている。

「だが、その最後の公平性まで損《そこ》なわれるのなら容赦《ようしや》しない。徹底的に貶《おとし》めてやる。ワタクシの書く記事は、そうした怒りに燃料を投下しているだけなのですよ」

「あんた、いったい何がしたいんだ」

堪らず古手川は問い質《ただ》す。人の心を弄《もてあそ》ぶ尾上の本音を聞きたいと思った。

「ワタクシはヒトの本性《ほんしょう》を見たいのですよ。丹念に身体を洗い、入念な化粧をし、綺麗に着飾った上辺《うわべ》には何の興味もありません。誰しもが裡《うち》に秘めている劣等感、物欲、金銭欲、支配欲、嗜虐性《しぎゃくせい》、嫉妬心、猜疑心《さいぎしん》、そして憎悪《ぞうお》。そういうものを白日《はくじつ》の下《もと》に晒《さら》してあげたいのですよ。そして、その対象は上流階級、セレブであればあるほど好ましい。お高くとまった彼ら彼女らの本性を暴く。大衆にはそれらを知る権利があります」

聞いて後悔した。

「いい趣味じゃないいな」

「趣味ではありません。仕事です」

「もう、いいよ」

疲労を感じ、出ていこうとした瞬間に声を掛けられた。

「今度はこっちの質問に答えてくれませんかね」

「何だよ」

「〈中華疫苗研究所〉の管理人、身元は割れたんですか」

鈴村はそこまで情報を洩らしていたのか。

「俺があんたに話すと思うか」

「訊くのはタダですからね」

粘着性の言葉が身体に纏《まと》わりつくようだった。古手川は後ろも見ずに部屋を出る。

捜査本部では渡瀬が待っていた。

「さっき浦和署の鈴村が出頭してきた。ご苦労だったな」

「彼、どうなりますかね」

「当面は担当を外されるだけだ。事と次第によっちゃあ地方公務員法第三四条で処分される可能性もあるが、今回の場合どんな情報漏洩がリークに該当するかは上の判断による」

「現状、罰を受けたのはあの十二人だけなんですね」

我知らず険のある言い方になったのだろう、渡瀬がこちらを覗き込んできた。

「〈ネズミ〉に何を言われた」

この上司が自分を見透かしているのは百も承知しているので、今更驚かなかった。

「本人の職業意識を、胸焼けするくらいに聞かされました。誰しもが裡に秘めているものを白日の下に晒したいそうです」

「だろうな」

「班長は前から聞かされてたんですか」

「わざわざ本人から聞くまでもない。皆が引き籠《こも》って消沈しているってのに、あいつは水を得た魚のように燥《はしや》いでやがる。それだけで本性が分かる」

「あんな風に自己肯定できる人間がいるなんて」

「だから長続きしてるんだ」

渡瀬は不快さを隠そうともしなかった。

「尊敬はできんだろうが、あの割り切り方は特筆に値《あたい》するぞ」

「見習いたくありませんね。あいつの喜ぶような真似《まね》は真《ま》っ平《ぴら》ご免です」

「なら、あいつが嫌がることをしてやろう。何だか分かるか」

「さあ」

「あいつが嗅ぎつける前に事件を早期解決させる」

3

臭《くさ》い。

現場に足を踏み入れた古手川の第一印象はそれに尽きた。生ゴミではないと聞いていたので腐敗臭はしないだろうと高《たか》を括《くく》っていたが、代わりに鼻腔《びこう》を襲ったのは刺激臭だった。マスクで覆った上からでもそうと分かる。外せば粘膜に痛みを感じるかもしれない。

ここ岩槻《いわつき》区古ケ場《こかば》の産廃処理場は特別管理産業廃棄物処分の許可を受けた業者の施設だ。産業廃棄物は廃棄物処理法で通常の産業廃棄物とは別に、爆発性、毒性、感染性その他、健康や生活環境に係《かかわ》る被害を生ずるおそれのあるものを特別管理産業廃棄物と定義している。従って処理作業中は防護服と手袋、マスクの着用が義務付けられている。古手川たちも規則通り完全防備の出《い》で立《た》ちだが、新型コロナウイルスが蔓延《まんえん》している今は皮肉にも違和感がない。

感染性のある特別管理産業廃棄物の処理には次の方法があると聞いた。
・焼却設備を用いた焼却
・溶融《ようゆう》施設を用いた溶融
・高圧蒸気滅菌（オートクレーブ）装置を用いた滅菌
・乾熱《かんねつ》滅菌装置を用いた滅菌
・有効な薬剤または加熱による消毒
いずれも処理されれば変質してしまう方法なので証拠としての価値がなくなってしまう。そうなる前に物的証拠を回収するのが古手川たちに与えられた任務だった。

だが処理場の敷地内に堆《うずたか》く積まれた廃棄物の山を見ていると、さすがに心が折れそうになる。

「なあ、刑事さん」

古手川たちの分別《ぶんべつ》作業に立ち会っていた施設長が、うんざりした様子で声を掛けてきた。

「慣れない仕事で大変なのは分かるが、そろそろ目処が立たんかね。もう四日分の産廃《さんぱい》が処理できず、ずいぶんスケジュールが押しているんだけどね」

「すみませんが、もう少し待ってください」

特別管理産業廃棄物の処理場はここ以外にも県内に数カ所存在する。今ごろは別働隊が同じ作業にかかっているはずだ。どのチームが証拠物件を咥《くわ》えてくるのか、渡瀬が手ぐすねを引いて待っている。

『いくら状況証拠が揃っていてもブツがなきゃ手も足も出ん。無理に送検しようとすると冤罪《えんざい》が生まれる。必ず見つけ出せ』

渡瀬の指示はもっともだが、いかんせんタイミングが悪かった。特別管理産業廃棄物を処分する際は堅牢《けんろう》な密閉容器などに封じた上で契約業者に引き渡し、産業廃棄物管理票に必要事項を記入する。廃棄物が運搬されている段階で管理票が入手できれば、容疑者は割れているのでその名前から廃棄物を入れた容器が特定できたのだ。だが、いったん処理場に運ばれてしまうと干《ほ》し草の山から針を見つけ出すような羽目となる。防護服なしでは容器に触れることも危《あや》うい作業なので、自《おの》ずと慎重になり手も遅くなる。

「まあモノによっちゃあ新型コロナウイルス並みに危険ですからね。慣れない刑事さんがおっかなびっくりで扱うのも当然かな」

施設長は時折同情してみせるものの、決して手伝おうとはしない。犯罪捜査に口を差し挟みたくないのか、それとも警察に好印象を持っていないのか、いずれにしても高みの見物を決め込んでいる。

五月の陽気が容赦なく古手川の身体を炙《あぶ》る。防護服には換気機能がないため、内側に熱気が籠り汗だくになる。汗だくになれば動きが鈍くなり、余計に時間がかかる。時間がかかれば陽光に曝される時間が長くなり、より汗を掻く。悪循環そのものだった。

暑さと疲労で朦朧《もうろう》としかけた時、少し離れた場所から歓喜の声が上がった。

「あったぞ」

古手川たちは声の上がった方に駆け寄る。その捜査員が手にしている五十リットルプラ容器のラベルを確認すると、確かに捜《さが》し求めていた対象物であると分かった。後はこの中に証拠物件が存在するかどうかだ。

古手川は容器ごと警察車両のトランクに詰め込むと、施設長への口止めを忘れなかった。

「産業廃棄物管理票の写し、依頼主に返送してもらう訳にはいきませんか」

感染性廃棄物の処分が済むと、業者から管理票の写しが返送される決まりになっている。案の定、施設長は渋い顔を見せる。

「処分していないのに写しを送ったら、わたしらが違法行為で処罰されますよ」

「では依頼主から問い合わせがあったら、手続き中だけど書類仕事が溜まっているとか答えてもらえませんか」

「手続きが遅れているのは、まあ嘘《うそ》じゃないからいいさ」

直《ただ》ちに古手川は警察車両を浦和医大に向ける。

法医学教室で迎えてくれたのはキャシーだった。

「何を大事そうに運んできたかと思ったら、死体ではなくて産業廃棄物ですか」

死体以外を持ってこられても迷惑といった物言いは、キャシーならではだと思った。

「そんなこと言わないでくださいよ。問題の砒素の分析をしてくれた法医学教室で比較してもらうのが一番なんですから」

「仕方がありませんね。次はもっと気の利いた死体を持ってきてくれることを期待しましょう」

気の利いた死体とはどんな状態の死体を指すのか不明だったが、敢《あ》えて尋ねようとは思わなかった。

古手川たちが運搬してきた五十リットルプラ容器の中身を解剖室で検《あらた》めてもらっていると、真琴も駆けつけてきた。専門外ではあるものの、特別管理産業廃棄物の取り扱いには真琴たちも慣れている。古手川がプラ容器をこちらに運び込んだ二つ目の理由がそれだった。

持ち込んだ特別管理産業廃棄物には劇薬入りの瓶やアンプルは言うに及ばず、体液の染み込んだガーゼやティッシュも含まれている。このご時世でなくても、取り扱いには慎重を期さねばならない。

各種廃棄物の分類が済むと、ようやく真琴たちは分析作業に入る。古手川が手伝えるのはここまでだ。

「目障《めざわ》りです」

キャシーの物言いは容赦なかった。

「分析結果が出たら深夜であっても早朝であっても連絡します。古手川刑事は、とっとと帰りなさい」

真琴の申し訳なさそうな視線に見送られながら、古手川は法医学教室を後にするしかなかった。

翌日、古手川は他の捜査員とともに大宮区《おおみや》の一角にあるオフィスビルに赴《おもむ》いていた。テナントサインに会計事務所や弁護士事務所、リラクゼーションサロンなどが並ぶ中、確かに目的の名前がある。コロナ禍で開店休業状態だが、本日は診療所の定期消毒で本人が来ているのを確認している。

案の定、ドアを開けると本人が出てきた。

「あら、刑事さん」

萱場律は意外そうな顔で古手川たちを迎える。

「今、よろしいですか」

「患者さんがいないので別に構いませんけど、いったい何の騒ぎですか」

律の承諾を得た瞬間、ドアは半ば強引に開かれ残りの捜査員と鑑識係が診療室の中に雪崩《なだ》れ込んだ。

「ちょ、ちょっと、あなたたち何の権利があって」

「萱場律さん」

古手川は律の前に立ち塞《ふさ》がる。

「あなたには毒物及び劇物取締法違反の容疑がかかっています。あくまでも任意なのですが署までご同行願えませんか」

「どうしてそんな容疑が」

「質問するのはこちらなんですよ」

任意同行と言いつつ、捜査員や鑑識係が診療室を占拠している現状、律に古手川の申し出を拒める訳がなかった。退路を断っておいてこの言い種《ぐさ》はいささか卑怯《ひきょう》だとは思うものの、相手が毒殺魔であることを考えれば致し方ない。

しばらく律は古手川を睨みつけていたが、やがて為《な》す術《すべ》がないと覚悟したのか任意同行を承諾した。


「毒物及び劇物取締法違反の容疑ということでしたね。歯科医がどんな毒物を用意できると言うんですか」

取調室に放り込まれた律は、それまでの態度とは打って変わって攻撃的だった。無理もない。取り調べの場で唯々諾々《いいだくだく》としていたら我が身を護《まも》れない。

だが古手川には勝算がある。

「俺も何度か歯医者さんの世話になったことがあります。確かに歯科医と毒物という組み合わせには違和感があります。何しろ口の中を弄《いじ》るお仕事ですからね。使用する薬剤に毒物があるなんて想像もできない。でも、それは我々ど素人《しろうと》の考えに過ぎない」

そもそも律が容疑者として捜査線上に浮上したのは、捜査員の一人が過去に担当した案件で、歯科医が診療所に保管してあった毒物を反社会的勢力に横流ししていた事件を憶えていたからだ。

「たとえば歯の治療時に患者は麻酔をかけられます。言うまでもなく痛みを和らげるための処置ですが、痛みを感じさせなくするのなら麻酔でなくても可能な方法があるんですよね、萱場先生」

「今はもっぱら麻酔に頼っています」

「ええ。ですが麻酔以外にも神経を取る治療法がありますよね。その一つが亜《あ》ヒ酸《さん》だと聞きました」

亜ヒ酸と聞いた刹那《せつな》、律の顔色が変わる。古手川の中では勝算が確信に変わる。まだ萱場律の逮捕状は請求していないが、この場で供述が取れればすぐにでも裁判所に駆け込むつもりだった。

「正確には亜ヒ酸パスタ」

「現在では製造中止されていますよ」

「それも聞きました。しかし販売が中止されたからといって、全て回収された訳じゃない。一部は薬品庫の中で眠っていたはずです。今回、あなたはその亜ヒ酸に手を付けた。亜ヒ酸パスタを弱アルカリ溶液で溶かしてアンプルに詰めたんです」

ここからが詰めどころだ。古手川は慎重に言葉を選ぶ。威圧ではなく理屈で容疑者を落とさねばならない。

「あなたはネットでこれはというセレブを見つけると、未承認ワクチンを適価で譲るというＤＭを送った。それが例の十五名です」

「どうして、わたしがそんなことをしなきゃならないんですか」

律は攻撃するように身構えたまま、問い返してくる。なかなかの自制心だが、古手川の側には揺るぎない証拠がある。

「本業が開店休業状態だから、副収入を得るために亜ヒ酸を横流ししたとでも言うんですか」

「ああ、そういう動機もありますね。だけど、そうじゃない。未承認ワクチンと騙されて亜ヒ酸を打った三人は砒素中毒で死亡しました。その三人の中にあなたの義弟である萱場啓一郎氏が含まれているのは決して偶然じゃない。いや、そもそも不特定のセレブたちにDMを送っていたのは木を森の中に隠すためだった。あなたの目的は最初から啓一郎氏を亡き者にすることだった。他のセレブたちはただの目眩《めくら》ましに過ぎない。被害者が多くなれば動機が霞《かす》む。事件関係者が多くなれば警察の捜査も攪乱《かくらん》される。だから啓一郎氏の殺害が首尾よく成功しても尚《なお》、別の被害者が必要だった。だが国会議員の久我山議員が死んでマスコミ報道が過熱するなり潮時と判断して素早く手仕舞いした。違いますかね」

「わたしが、どうして啓一郎さんを殺さなきゃいけないんですか」

「当然、啓一郎氏の遺産狙いです。啓一郎氏には正式な妻もいなければ子どももいない。美山瑠璃子さんと事実婚をしているものの、相続権はないため、事実上の相続人は二人の兄、つまり慎太郎氏と憲太氏の二人で分割することになる。あの啓一郎氏の財産と〈KAYABA TOWN〉の代表の座です。二分割しても相当な財産です」

「わたしは相続人じゃない」

「でも相続人の正妻です。慎太郎氏が莫大な遺産を得れば、当然あなたにも恩恵がある。いや、事によれば、ほとぼりが冷めた頃に慎太郎氏までも殺害する計画だったのかもしれない。そうなれば啓一郎氏の遺産の半分は巡り巡ってあなたと寧々さん二人だけのものになる」

この場に寧々がいればどんな顔をするだろう。そう思うと、律を追及する気持ちが萎《な》えそうになる。

「わたしが啓一郎さんの遺産を夫に相続させるために、縁もゆかりもない人たちに亜ヒ酸を送り付けたって言うんですか。馬鹿馬鹿しい」

律は対決姿勢を崩さないまま、古手川を嘲《ちょう》笑《しょう》する。

「そもそも治療の現場で使用しなくなった薬剤を、いつまでも保管しておくはずがないじゃないですか。ウチの診療所も亜ヒ酸パスタなんてとっくの昔に廃棄していますよ」

「全て廃棄したという記録はありますか」

「え」

「一部だけ廃棄しておいて、残りは保管しておくというのも手ですよね」

「何で、そんな回りくどいことを」

「言うまでもない。あなたはずっと以前から、それこそ亜ヒ酸パスタが使用されなくなる頃から計画を練っていたに違いない」

「さっきから聞いていると、『かもしれない』とか『違いない』とか憶測ばかりじゃないですか。何か証拠でもあるならともかく、憶測だけでわたしを犯人扱いするなら逆に訴えますからね」

「警察が訴えられるのはカッコ悪いから勘弁してほしいですね。こちらも何の証拠もなく事情聴取するつもりはないんです」

　古手川は記録係に目配せしてパソコンを持ってこさせる。中には浦和医大法医学教室で分析した試料のデータが収められている。古手川はモニター画面を律の正面に向ける。

「岩槻区古ケ場の産廃処理場をご存じですか」

「さあ」

「特別管理産業廃棄物の処理場ですよ。あなたの診療所から排出される医療廃棄物も、そこに運ばれて処理されています。最近もあなたの診療所の名前の入った五十リットルプラ容器が運ばれていました」

「まさか」

「ええ、中身を残らず検《あらた》めさせてもらいました。すると見つかったんですよ。亜ヒ酸が入っていたアンプルが」

　キーを操作してアンプルの拡大写真を表示させる。法医学教室で悪戦苦闘の末にプラ容器の中から発見したものだ。アンプルの底には薬剤の残滓《ざんし》があり、これが亜ヒ酸と判明した。

「ウチの診療所からそんなアンプルが出るなんて有り得ない」

「現に有り得ましたよ」

「百歩譲って、このアンプルがウチから出したゴミの中に交じっていたとして、犯罪に使用された亜ヒ酸とは限らないじゃないですか」

　予想された抗弁だった。だからこそ抗弁を粉砕できるデータを用意したのだ。

「あなたの言う通りですよ、萱場律さん。亜ヒ酸だからといって、あなたの診療所にあったものとセレブたちに送られたものが同一とは限らない。だから成分分析が不可欠になる」

古手川が次の画面を表示させると、律の目が一点に注《そそ》がれた。

「これは」

「亜ヒ酸パスタというのは三酸化砒素《さんさんか》、プロカイン塩酸塩、親水軟膏《しんすいなんこう》、チョウジ油、薬用炭という五つの成分で構成されているんですね。つまりひと口に亜ヒ酸パスタと言っても成分の配合具合が一律ではなく、個別に分かれる訳です。それで然《しか》るべき信頼できるところに、被害者の体内から検出された亜ヒ酸と診療所から出た亜ヒ酸の成分を比較対照してもらいました。それがこの対照表です」

真琴とキャシーに分析してもらった結果、二つの試料は完全に成分構成が一致していた。亜ヒ酸にはわずかながら不純物が含まれ、それらが亜ヒ酸パスタを製造するのに必要な物質だったのだ。従って、犯罪に使用された亜ヒ酸は律が保管し、廃棄したものと同一であることが証明されたのだ。

成分表の一致を目にした律は、自分の信じていた神に裏切られたような顔をしていた。

「嘘です。これは改竄《かいざん》されたデータです」

律がすんなりと罪を認めようとしないのは想定内だった。だが突き付けられたデータそのものを否定するとは思わなかった。

「ご存じでしょうけど、成分分析は精密な装置で行われます。あなたも医者の端《はし》くれなら認めた方がいい。虚偽《きょぎ》を重ねると裁判になった際の心証も悪くなりますよ」

「何が心証よ」

律は逃げ場を失った獣のような目でこちらを睨む。

「これは冤罪《えんざい》よ。今すぐ弁護士を呼んで」

弁護士ときたか。

だが古手川はさほど怯《ひる》まない。こちらは科学的な立証ができている。今ごろは診療所に残った鑑識が別の証拠を採取しているかもしれない。

「弁護士を呼ぶのは一向に構いませんよ。しかし、それまでは事情聴取にお付き合いいただきます」

古手川は椅子《いす》の向きを直して、律に正面から向き合う。弁護士がいようといまいと、ここ数時間のうちに律から自白を引き出すつもりだった。

記録係も目で合図をしてきた。

ここからが本番だ。そう意気込んだ時だった。

ノックもなく、いきなりドアが開けられた。現れたのは、今にも古手川を殴《なぐ》らんばかりの渡瀬だった。

「班長」

「来い」

言葉より先に肩を摑まれた。

「いや、あの、今から本格的な尋問を」

「いいから来い」

渡瀬は有無《うむ》を言わせず、古手川を取調室から連れ出した。

「いったい何なんですか」

「前に教えたことを憶えているか」

渡瀬の顔は凶暴に過ぎ、同じ問いを許してくれそうにない。

「走っている途中で道を間違えそうになったら闇雲《やみくも》に走ろうとするな。まず止まれ」

「憶《おぼ》えてますよ。それがどうかしたんですか」

「今、俺たちがそうなっている」

まるで状況が摑めず呆然《ぼうぜん》としている古手川をよそに、渡瀬は続ける。

「事情聴取は中止だ」

「でも、班長。こちらには成分構成が一致したという証拠があるんですよ。萱場律も動揺を見せています。あとひと押しもすれば落ちます」

「全て露見して落ちるんじゃなく、冤罪を着せられて絶望して落ちることだってある。その見極《みきわ》めがお前にできるか」

凶暴な顔で迫られると、ひと言も返せなかった。

「こちらには確固たる物的証拠がある。その圧倒的な有利が勇み足に繫《つな》がる」

「しかし班長。成分分析は浦和医大法医学教室が行っているんですよ。俺は真琴先生やキャシー先生を信用しますけどね」

「法医学教室のチームが信用できないなんて誰が言った。疑うのはそこじゃない。証拠が発見された経緯だ」

特別管理産業廃棄物処理場に指定された場所に赴き、五十リットルプラ容器に診療所名のラベルが貼られているのを確認した。容器を処理場から浦和医大に運搬するのも自分一人で行った。どこにもすり替えのチャンスはなかったはずだ。

「よく考えてみろ。犯人は偽ワクチンのDMを送るにしても販売するにしても、海外サーバーを経由して決して尻尾《しっぽ》を摑ませなかった。それだけ用意周到なヤツが、一番肝心な証拠物件を自分の名札をつけて指定業者に丸投げするような真似をすると思うか」

指摘された点は残酷なほど説得力がある。

自分はとんでもない勘違いをしていたのか。

それとも犯人の奸計《かんけい》に嵌《は》められたのか。

次第に愕然《がくぜん》としてきた古手川に対し、やはり渡瀬は慰《なぐさ》めの言葉一つかける素振りも見せない。

「来た道を元に戻って考えろ。お前は一カ所だけ曲がる角を間違えたんだ」

渡瀬の命じるまま、古手川は己《おのれ》の記憶を逆方向に辿ってみる。

そして、見誤った地点にようやく立ち戻った。

4

南青山界隈《みなみあおやまかいわい》はブランド品の店舗がずらりと立ち並ぶ一方で、新興企業の本社も目立つ。〈KAYABA　TOWN〉の本社もそのうちの一つだった。

古手川は渡瀬班の面々とともに一階フロアの受付に立つと、容疑者の在社を確認する。

「申し訳ありませんが、今は会議中でお会いできません。お約束もありませんし」

会議中ならばしばらく部屋の外には出ないだろう。こちらにとっては好都合だ。

礼も言わずに古手川たちが動き出すと、受付に座っていた女性社員が慌《あわ》てて立ち上がる。

「あのっ、今申し上げた通り、会議中はどなたであっても通すなと」

彼女の声を無視して会議室へと向かう。フロアに立っていた警備員も、警察官が相手となれば指を咥えて見ているしかないようだった。

エレベーターで六階に上がるとフロアは大小の会議室で占められていた。古手川は受付で告げられた通り、一番広い会議室のドアを開ける。

「では議論も出尽くしたようですので、次期社長を決定する投票を」

その役員は司会を中断して、こちらを見た。

「何だね、君たちは」

「失礼。埼玉県警捜査一課の者です」

「ふん、古手川さんだったな」

役員たちの真ん中に座っていた憲太が斜《はす》に構えた目つきでこちらを見る。

「見て分からないかな。今、次期社長を決める投票をするところだったんだ。何の用事か知らないけど後にしてくれないかな」

いくら憲太が偉ぶったところで威圧にもならない。渡瀬に黙って睨《にら》まれる方が数十倍恐ろしい。

「それなら尚更です。投票後だと余計にややこしくなることが予想されます」

「何だと」

気色《けしき》ばんだ憲太をよそに、古手川は反対側に座る慎太郎に歩み寄る。

「そっちから来てくれるとはな」

以前に顔を合わせた時よりも、慎太郎は威丈高《いたけだか》だった。他の役員の手前もあるだろうが律の扱いに対する抗議をする気とみえる。

「娘から連絡があった。家内を警察に連行したそうだな」

「連行ではなく、あくまで任意同行をお願いしただけです」

「容疑者扱いか」

「参考人ですよ」

「一応、わたしに説明はしてくれるんだろうな」

「啓一郎氏を死に至らしめたものと同じ毒物が、奥さんの診療所から出た医療廃棄物の中に紛れていました」

「まさか」

慎太郎は意外そうな声を上げる。驚いているのは他の役員も同様で、憲太は半ば腰を浮かしている。

「それが、律が犯人だという証拠か」

「いいえ、奥さんは犯人じゃありませんよ。言ったはずです。『診療所から出た医療廃棄物の中に紛れていた』と。判明しているのは、その事実だけです」

「だったら、どうして役員会議にまで乗り込んできた」

「今度はあなたに事情聴取しなきゃならなくなったからですよ、萱場慎太郎さん」

古手川は相手の威丈高な態度に対抗するように、不敵な面構《つらがま》えを作る。

「わたしに何を訊くつもりだね」

「たとえばあなたが五月三日、つまり久我山議員の死が大々的に報じられた翌日、どこで何をされていたかとか」

瞬間、慎太郎は表情を一変させた。

「何のことだ」

「質問しているのはこちらです。念のために伺いますが、あなたは一連の毒殺事件に何らかの関与をしていますか」

「そんなものは知らん。こっちは弟を殺されて、家族としても会社関係者としても悲憤《ひふん》の極みなんだぞ。少しは言葉を慎《つつし》め」

「では関与していないと」

「くどいっ」

これで慎太郎の退路は断たれた。

「では五月三日の午前八時三十分ごろ、奥さんの診療所から出た五十リットルプラ容器に触れた理由を聞かせてください」

慎太郎が言葉を失くした間隙《かんげき》を衝《つ》いて、古手川は畳み掛ける。

「あのビルの裏手にあるゴミ集積場には診療所から出された医療廃棄物も置かれていた。指定された業者による回収はこの日の昼になっていた。毎週、回収の曜日と時間が固定されているのを、あなたは奥さんから聞いて知っていたんですよね。ビルには防犯カメラが設置されていて、ゴミ集積場をうろつく不審者の姿を捉えていました。顔もばっちりですよ」

慎太郎は不意に気の抜けたような顔になり、椅子の背に上半身を沈めた。どうやら反論する意思を放棄したらしい。

二人のやり取りを見守っていた役員連中は気まずそうに慎太郎を眺めている。これ以上放置しておくのは公開処刑のようなものだろう。

「詳しい話は署で伺いましょうか」

古手川は起立を促したが、慎太郎はなかなか席を立とうとしない。往生際《おうじょうぎわ》の悪い男だと思っていると、次の瞬間、慎太郎は激しく咳《せ》き込み始めた。

場所を捜査本部の取調室に移し尋問を再開すると、慎太郎はいくぶん苦しげに証言した。慎太郎が啓一郎の財産と〈KAYABA　TOWN〉代表者の座を狙って一連の事件を計画したのは、捜査本部の読み通りだった。慎太郎はダークウェブ経由で亜ヒ酸パスタを入手すると、SNSで漁《あさ》ったセレブたちに未承認ワクチンの購買を勧めた。これも捜査本部の読み通り、啓一郎の毒殺を他の事件と並列させることで遺産狙いという真の動機を隠すためだった。

こうして萱場啓一郎と笹森茂留を殺害したまではよかったものの、三人目の被害者が久我山議員であったために即刻手仕舞いに移った。そこで手元に残っていた亜ヒ酸を容器ごと廃棄することにした。

廃棄の方法も計画のうちに入っていた。律の歯科診療所では定期的に医療廃棄物の回収があると聞き知っていたので、回収日の朝、ラベルに診療所名の入った五十リットルプラ容器に亜ヒ酸の残骸《ざんがい》を放り込んだのだ。

「わざわざ奥さんの診療所から出たゴミに紛れ込ませたのは、彼女に罪を着せるためですか」

「薬品を捨てるなら他の医療廃棄物と一緒に捨てた方が目立たないし、怪しまれない。女房に罪を着せようとまでは考えなかったが、仮に警察があいつを疑ったところで、それはそれだ」

慎太郎と律の夫婦仲は冷え切っており、慎太郎に至っては愛人の存在も判明している。寧々が父親より叔父《おじ》の啓一郎を慕っていたのも、案外それが理由なのかも知れなかった。

驚いたことに、ひと通り供述し終えると慎太郎は机に突《つ》っ伏《ぷ》して、またも激しく咳き込み始めた。そのうちのたうち回り出したので医者に診《み》せてみると、典型的な新型コロナウイルス感染症の症状という診断だった。

「ご迷惑をおかけしました」

法医学教室の軒先で深く低頭すると、寧々は消沈したまま古手川と真琴の前から立ち去っていった。

彼女の後ろ姿を見送りながら、真琴がぽつりと呟《つぶや》いた。

「可哀想」

横に立つ古手川も同じ思いだった。

「懐《なつ》いていた叔父を殺害したのが実の父親で、しかも母親に冤罪が着せられても構わないと計画を立てていたんだ。彼女にしてみたら二重三重のショックだろうな」

「これから〈KAYABA　TOWN〉はどうなるんでしょうね」

「人伝《ひとづて》に聞いたところじゃ、憲太氏が新代表となることに数人の役員が反対しているらしい。そもそも憲太氏には啓一郎氏のようなカリスマ性はない。彼が代表に就任したとしても遺恨が残るだろうな。ああ、そう言えば寧々さんが面白いことを言っていた。『あんなに頼りない憲太叔父より、わたしの方が代表に向いている』そうだ」

「あら」

「何年かしたら、萱場寧々新代表なんてのが実現するかも知れない」

「そうなったら、父親の慎太郎氏も複雑でしょうね」

「ああ。自分が奪おうとした代表の座に実の娘が座るかたちになるからな。もっとも、その日まで慎太郎が生き延びればの話だけど」

取り調べ中に悶絶した慎太郎は急遽《きゅうきょ》警察病院に搬送されたものの、容態《ようだい》は良くないらしい。下手《へた》をすれば初公判を待たずに他界する可能性もあり、そうはさせるまいと渡瀬が医療チームに発破《はっぱ》をかけている。

「何にしても偽ワクチンと騙《かた》って三人を毒殺した本人が新型コロナウイルスに苦しめられている。皮肉と言えばこれほど皮肉な話もないや」

少し茶化すと、真琴がきっと睨んできた。少なくとも医療従事者の前で口走る話ではなかったか。

「悪い。犯人なら尚更治ってもらわないとな。このままベッドで大往生なんて結末だと殺された三人が不憫《ふびん》だ。奴《やつこ》さんはちゃんと法廷で裁かれる責任がある」

「何とか回復すればいいんですけど」

海外からのニュースによれば、新型コロナウイルスのワクチンの臨床試験がアメリカやイギリスなどで行われている。高い効果を得られれば、世界中に暗く立ち込めたコロナ禍にようやく光が射《さ》し込むことになるだろう。早晩、治療法も確立すると期待できる。

しかし古手川の心中は晴々としない。

「何だか不安そうね、古手川さん」

「宿痾《しゅくあ》って言葉、知ってるかい」

「長い間、治らない病気。コロナ禍のことを言ってるの」

「ウチの班長の受け売りだよ。人類の歴史では何度も感染症に苦しめられてきたけど、その度《たび》に人類は打ち勝ってきた。今度の新型コロナにもいずれは人類が勝つに違いない。だから本来、宿痾なんて言葉は死語にするべきだって」

「ポジティブな、いい考え方」

「でも、やっぱり宿痾は存在する。病原菌は死滅しても、人の欲や邪悪さは決して死滅しないんだそうだ」

「渡瀬さんってポジティブなのかネガティブなのか、どっちなの」

「俺が聞きたいよ」

注　本書はフィクションであり、登場する人物、および団体名は、実在するものといっさい関係ありません。月刊『小説ＮＯＮ』（祥伝社発行）二〇二二年六月号から二〇二三年三月号まで連載され、著者が刊行に際し、加筆、修正した作品です。
また、刊行にあたって、東京医科歯科大学　法医学分野　上村公一教授に監修していただきました。

切りとり線

あなたにお願い

この本をお読みになって、どんな感想をお持ちでしょうか。次ページの「100字書評」を編集部までいただけたらありがたく存じます。個人名を識別できない形で処理したうえで、今後の企画の参考にさせていただくほか、作者に提供することがあります。

あなたの「100字書評」は新聞・雑誌などを通じて紹介させていただくことがあります。採用の場合は、特製図書カードを差し上げます。

次ページの原稿用紙（コピーしたものでもかまいません）に書評をお書きのうえ、このページを切り取り、左記へお送りください。祥伝社ホームページからも、書き込めます。

〒一〇一—八七〇一　東京都千代田区神田神保町三—三
祥伝社　文芸出版部　文芸編集　編集長　金野裕子
電話〇三(三二六五)二〇八〇　www.shodensha.co.jp/bookreview

◎本書の購買動機（新聞、雑誌名を記入するか、〇をつけてください）

＿＿新聞・誌の広告を見て	＿＿新聞・誌の書評を見て	好きな作家だから	カバーに惹かれて	タイトルに惹かれて	知人のすすめで

◎最近、印象に残った作品や作家をお書きください

◎その他この本についてご意見がありましたらお書きください

100字書評

ヒポクラテスの困惑

住所

なまえ

年齢

職業

中山七里（なかやましちり）
1961年岐阜県生まれ。2009年『さよならドビュッシー』で第８回「このミステリーがすごい！」大賞を受賞しデビュー。幅広いジャンルを手がけ、斬新な視点と衝撃的な展開で多くの読者の支持を得ている。本シリーズの第一作『ヒポクラテスの誓い』は第５回日本医療小説大賞の候補作となり、WOWOWにて連続ドラマ化された。他の著書に『ドクター・デスの再臨』『作家刑事毒島の暴言』『連続殺人鬼カエル男　完結編』など多数。

ヒポクラテスの困惑《こんわく》

令和７年１月20日　　初版第１刷発行

著者――中山七里《なかやましちり》
発行者――辻 浩明
発行所――祥伝社《しょうでんしゃ》
〒101-8701 東京都千代田区神田神保町3-3
電話 03-3265-2081（販売） 03-3265-2080（編集）
03-3265-3622（製作）
印刷――堀内印刷
製本――ナショナル製本

ISBN978-4-396-63673-9 C0093
祥伝社のホームページ・www.shodensha.co.jp

祥伝社

祥伝社文庫

死者の声なき声を聞く
迫真の法医学ミステリー、第一弾！

ヒポクラテスの誓い

凍死、事故死、病死……
何の事件性もない遺体から
偏屈な老教授と若き女性研修医が導き出した真相とは？

中山七里